Série Vaga-Lume

O PREÇO DA CORAGEM

Raul Drewnick

Ilustrações

Nelson Reis

editora ática

O preço da coragem

Editor	Fernando Paixão
Editora assistente	Carmen Lucia Campos
Assessora editorial	Rosemary Pereira de Lima
Preparadora	Lygia M. Benelli Goulart
Coordenadora de revisão	Ivany Picasso Batista
Revisora	Rosani Andreani

ARTE

Editor	Marcello Araujo
Editoração eletrônica	Antonio Ubirajara Domiencio

CIP-BRASIL. CATALOGAÇÃO NA FONTE
SINDICATO NACIONAL DOS EDITORES DE LIVROS, RJ

D832p
3.ed.

Drewnick, Raul, 1938-
O preço da coragem / Raul Drewnick ; ilustrações Nelson Reis. - 3.ed. - São Paulo : Ática, 2000.
136p. : il. - (Vaga-Lume)

Contém suplemento de leitura
ISBN 978-85-08-06516-5

1. Literatura infantojuvenil brasileira. I. Reis, Nelson. II. Título. III. Série.

10-1726. CDD: 028.5
CDU: 087.5

ISBN 978 85 08 06516-5 (aluno)
CL: 732084
CAE: 230663

2025
3ª edição
24ª impressão
Impressão e acabamento: Forma Certa Gráfica Digital
Código da OP: 289465

Avenida das Nações Unidas, 7221 – CEP 05425-902 – São Paulo, SP
Atendimento ao cliente: 4003-3061 – atendimento@aticascipione.com.br
www.coletivoleitor.com.br

Psiu!
Todos são suspeitos e as paredes têm ouvidos

Depois de muita luta, Claudete consegue convencer o pai a deixá-la trabalhar. Ela tem dezoito anos mas, para ele, é como se ainda fosse uma menininha. E mais furioso ele fica ao saber que o primeiro emprego da filha será justamente no supermercado do qual ele é gerente.

No novo trabalho, Claudete conhece Deise, que procura ajudá-la em tudo, e Douglas, um rapaz simpático, de lindos olhos azuis. Mas vai precisar ser forte para enfrentar o ciúme de Miss Batom, uma poderosa rival, e não se envolver no clima de tensão provocado por misteriosos roubos que tornam todos suspeitos.

Numa vertiginosa sucessão de intrigas e perigos, ela acaba provando a todos que realmente não é mais uma garotinha.

Conhecendo Raul Drewnick

Na adolescência, época dos grandes amores, Raul Drewnick apaixonou-se pela crônica. Admirava o gênero porque retratava gente anônima das ruas — jornaleiros, engraxates, sapateiros —, dando-lhes **status** *de heróis.*

Foi correspondido no seu amor: pelas mãos da crônica, passou a frequentar as páginas de jornais e revistas de São Paulo e de outras partes do Brasil. E manteve-se fiel. Até hoje vê o mundo com olhos de cronista. Neste livro também notamos isso: os personagens são gente comum, caixas, funcionários da gerência, cortadores de frios.

Raul mostra o dia a dia de um supermercado, o Mil Ofertas, onde uma garota, conseguindo seu primeiro emprego, vive momentos de amor e amizade, e também de medo e perigo. "Um supermercado é um mundo em miniatura", diz Raul. "Tudo pode acontecer nele."

Sumário

1 *Uma boa sopa de ervilha*

Já fazia uma hora que Claudete havia chegado em casa com a espantosa notícia, mas a mãe, dona Bete, ainda estava nervosa e preocupada.

— Não sei, não. Não sei, não — repetia ela, andando de um lado para o outro da cozinha. — Seu pai vai ficar uma fera. Uma fera!

— Você acha, então, que eu não fiz bem?

— Não, Clau, não. Eu acho que você fez bem. Mas eu não sou seu pai. Você sabe como ele é... Ô vida. Ô vida!

Claudete procurava aparentar tranquilidade, mas estava tão nervosa e preocupada quanto a mãe. Gostaria de fugir para bem longe dali, porque quando o pai recebesse a notícia... Havia homens teimosos e homens muito teimosos. Ele era muito, mas muito mais teimoso do que qualquer outro na face do planeta. Quando dizia não, era não mesmo, sem possibilidade de discussão. NÃO!!! com letras maiúsculas e três pontos de exclamação.

E agora ela, Claudete, que o conhecia tão bem, pela primeira vez em dezoito anos ia desafiar para valer aquele homem — um heroísmo que dona Bete, em cinco anos de namoro e dezenove de casamento, pouquíssimas vezes tinha sido capaz de ousar.

O tomate que Claudete estava cortando para ajudar a mãe a fazer a salada do jantar escapuliu de suas mãos, caiu no chão e tentou correr para baixo da geladeira, mas ela conseguiu apanhá-lo antes que ele se escondesse.

— Nossa! Parece que até ele está nervoso — comentou dona Bete. — Será que seu pai põe medo até nas coisas?

Esse momento de bom humor, o primeiro em uma hora, afrouxou a tensão que as duas estavam sentindo. Riram tanto que a mãe acabou chorando e a filha teve um ataque de soluços. Enquanto uma pegava um lenço e a outra tomava pausadamente um copo de água, o instante de alívio se desfez e voltaram o nervosismo e a preocupação.

— Eu falo com o pai, quando ele chegar, ou você...?

— É melhor eu puxar o assunto, Clau. A gente precisa ir devagar. Sempre que ele chega, vem nervoso com os problemas do trabalho, você sabe. O jeito é deixar seu pai falar à vontade daquilo tudo até se acalmar. Acho que a melhor hora para falar com ele vai ser depois da sopa. Eu vou fazer a de...

— Ervilha?

— Como é que você adivinhou?

— Mãe, você é um gênio.

Claudete encheu a mãe de beijos. Para tentar amansar o pai, não poderia haver nada mais eficiente do que uma sopa de ervilha. Era o prato predileto dele, o único que o fazia suspirar de satisfação e elogiar a mulher. Nunca tomava menos de três pratos.

— Então, Clau. Quando ele tiver acabado a sopa, eu entro no assunto e seja o que Deus quiser. É melhor você não falar muito, no começo. Vamos devagar, senão ele acaba com a gente.

2 *O tirano está chegando*

Estabelecido o plano para o grande combate, dona Bete procurou concentrar-se no jantar, acreditando que do capricho dela ia depender qualquer possibilidade de vitória, embora continuasse achando muito pouco provável o marido aceitar o que a filha tinha feito.

Claudete, que não gostava nem de ouvir falar em cozinha e em arte culinária, nessa noite havia resolvido ajudar a mãe. Além de cortar alguns tomates para a salada, ela, com visível falta de jeito, estava tentando lavar um pé de alface debaixo da torneira da pia.

— Pode deixar que eu faço isso, Clau. Com o jato assim forte, acaba não sobrando uma folha. Você vai afogar todas.

Claudete ameaçou cair em nova série de gargalhadas, mas a compenetração da mãe a fez parar logo no início. Eram nove horas e às nove e meia seu Júlio estaria abrindo a porta da sala, com sua famosa expressão carrancuda e o mau humor de sempre. Se as duas não queriam deixá-lo ainda mais furioso do que normalmente era, o jantar precisaria estar pronto quando ele chegasse à cozinha com a clássica pergunta:

— Afinal, come-se ou não se come nesta casa?

Claudete, que seguindo o conselho da mãe havia desistido de lavar a alface e estava sem nada para fazer, teve uma ideia.

— E se você fizesse também umas batatinhas fritas para ele comer com o bife?

— De jeito nenhum, minha filha. Parece até que você não conhece seu pai... Se eu disser que fiz sopa de ervilha e também batatas fritas, ele vai ficar desconfiado na hora.

— É, você está certa, mãe. O pai logo vai perguntar se é aniversário dele ou se você está querendo uma geladeira nova ou uma televisão dessas bem moderninhas.

Dona Bete pôs o dedo nos lábios, pedindo silêncio à filha. A conversa estava atrasando o jantar. Ela não disse nada, mas Claudete entendeu o recado: muito fazia quem não atrapalhava. Foi então para a sala, deitou-se no sofá e procurou lembrar-se de uns exercícios respiratórios aprendidos na aula de ioga, que o professor garantia serem ótimos para relaxar. Fez alguns e sentiu que pouco a pouco o medo do pai a abandonava. Ele podia chegar. Ela estava preparada.

3 *O supermercado me mata*

Quando seu Júlio chegou e abriu a porta, Claudete concluiu que o pai era mais forte do que qualquer exercício de ioga. Suas pernas começaram a tremer vergonhosamente e a voz parecia a daquelas bonequinhas choronas quando ela se levantou do sofá e disse:

— Boa noite, pai. Tudo bem?

Ele resmungou um boa-noite ininteligível, como fazia sempre, e não quis perder tempo respondendo se estava bem. Sua filha devia saber que ele estava sempre mal, muito mal. Seu fígado era uma droga, seu estômago era outra, a pressão não andava boa e a respiração estava muito pior. Também, com aquele maldito emprego que tinha, até um santo ia perder a paciência e a saúde.

Claudete leu tudo isso no rosto dele, como vinha fazendo havia tempo. Esperou que ele pusesse o paletó em cima de uma cadeira e lavasse as mãos. Quando ele entrou na cozinha, ela criou coragem para se aproximar. Viu o beijo sem entusiasmo que o pai deu no rosto da mãe e sentiu de novo as pernas tremendo quando ele perguntou com sua voz de trovão:

— Afinal, come-se ou não se come nesta casa?

Parecia estar mais zangado do que nunca. Sentou-se e lançou um olhar tão furioso às panelas no fogão que dona Bete se apressou em dizer:

— Calma, Júlio. Está tudo pronto. Eu já vou servir. Só um instantinho.

Aí ele começou a falar do seu assunto favorito: as contrariedades que tinha no trabalho.

— Hoje aquele malandro daquele gerente saiu para o almoço e sabe quantas horas ele ficou fora? Duas. É. Duas horas. E o cretino aqui, que tinha um monte de serviço para fazer, parou tudo e foi lá tapar o buraco. Subgerente é para isso mesmo. Fazer o seu trabalho e o dos outros.

— E o outro subgerente? — perguntou dona Bete.

— O outro subgerente? Aquele não presta para nada. E eu lá camelando pelos dois. Recebendo vendedores, falando com fiscais, ligando para o escritório central. Eu já estava meio doido com tudo aquilo e, aí, o que acontece? Entra na sala uma velhinha ameaçando chamar a polícia e os jornais porque não tinha encontrado na prateleira um detergente que estava em oferta no nosso folheto de promoção. Quando eu disse que não podia fazer nada se o produto tinha acabado, ela virou uma leoa. Pensei que ela ia me despedaçar. Ainda olhei no computador para ver se tínhamos no estoque mais algum pacote daquele maldito detergente. Nada. Aí a velhinha saiu da sala me xingando de tudo que vocês possam imaginar. E vocês sabem de uma coisa? Eu mereço. Eu mereço. Se eu tivesse vergonha na cara, largava essa porcaria de supermercado. Os gostosões lá ficam passeando, paquerando as moças, e eu dando duro sozinho. Droga! Droga!

Dois socos na mesa fizeram tilintar nervosamente os pratos e os talheres. Dona Bete pediu que ele tivesse paciência.

— Paciência? O gerente ganha o dobro do meu salário. E o outro subgerente, que não faz nem a metade do que eu faço, ganha mais do que eu. Pouco, mas ganha.

— Calma, Júlio. Está tudo pronto. Eu já vou servir. Só um instantinho.

Fora o que ele recebe de caixinha para comprar uns produtos e não comprar outros... Ele e o gerente. Meu Deus, a que ponto eu cheguei! Estou com quarenta e quatro anos nas costas e ainda preciso aturar essas coisas. Qualquer hora eu faço uma besteira das grandes, juro que faço. Eles lá se enchendo de dinheiro e eu... Bem que meu pai me falava que eu devia estudar para ser alguém na vida. Eu não acreditei nele e, agora, não posso reclamar.

Claudete e a mãe ouviram o discurso sem interromper. Estavam mais do que acostumadas. Sabiam que toda noite ele precisava daquele desabafo. Se não dissesse o que pensava de Luís Antônio, que dividia com ele o trabalho da subgerência, e de Vanderlei, o gerente, comia mal e dormia pior. Por isso, elas sempre o deixavam falar, falar, falar à vontade. Pouco a pouco ele ia se acalmando e às vezes — milagre dos milagres! — até sorria e chegava a conversar alegremente com as duas, como se não fosse o ranzinza incorrigível que era. Esses milagres se tornavam menos impossíveis se em cima da mesa estivesse um bom prato de sopa de ervilha. Era nisso que mãe e filha estavam apostando.

Logo que dona Bete destampou a panela e o cheiro da sopa se espalhou, seu Júlio mudou de expressão. As rugas se atenuaram, o rosto se descontraiu e ele lançou um olhar de gula ao fogão.

— De vez em quando você se lembra de fazer o que eu gosto, hem, Betinha?

4 *Tenho duas serpentes em casa*

O começo da guerra não podia ser mais animador para Claudete e a mãe. Nas raras vezes em que chamava a mulher de Betinha, seu Júlio costumava se mostrar um pouco mais tolerante e compreensivo.

Tudo parecia bem encaminhado, mas aí Claudete cometeu um erro fatal: levantou-se, tomou o prato das mãos da mãe e resolveu ela mesma servir o pai. Ele estranhou:

— Ei, o que é isso, menina? Você nunca foi assim gentil comigo. O que é que está acontecendo aqui? Eu acho que vocês duas aprontaram alguma e estão querendo me amolecer. Eu não vou entrar nessa, não.

Quando ele acabou de dizer isso, dona Bete olhou para a filha com reprovação. Não haviam combinado direitinho a tática para enfrentar o tirano? Por que ela, então, não tinha ficado quietinha no seu lugar?

Claudete retribuiu com uma careta que dizia: desculpe, mãe, eu sou mesmo uma desastrada.

Seu Júlio observou o diálogo mudo trocado por elas e, já com a cara fechada outra vez, reassumiu seu jeito de implicante. Encarando o prato de sopa como se ali houvesse veneno, disse:

— Eu adivinhei, não é? Vocês aprontaram mesmo alguma, estou certo? Então é melhor irem contando logo o que foi. Bem que eu estranhei essa história de sopinha de ervilha assim numa terça-feira... Vamos, vamos. O que foi que vocês duas andaram tramando enquanto eu dava duro para sustentar esta casa?

Dona Bete sentiu que, se tentasse adiar a revelação, só iria irritar ainda mais o marido. Se a fera precisava ser enfrentada, que fosse logo, com ou sem o auxílio da sopa de ervilha.

— Você falou no duro que você precisa dar para sustentar a casa.

— E não é verdade?

— É. Eu não discuto isso. Mas eu também tenho procurado ajudar, não tenho?

— Tem. Você sabe que eu reconheço isso. Sem o dinheiro das suas camisas e dos seus pijamas, o orçamento já ia ter estourado.

— Então. Mas, mesmo com as camisas e os pijamas, todo mês o orçamento tem cada furo...

— Tem mesmo. Mas o que eu posso fazer? Eu trabalho das nove às nove. Estou lá quando o supermercado abre e estou lá quando o supermercado fecha. Não sobra tempo para fazer mais nada.

— Não. Você não. Eu estou pensando é em...

— Espere aí. Você não vai me dizer que está querendo fazer ainda mais camisas e pijamas para o seu Tufik... Você já não tem tempo nenhum!

— Não, Júlio. A solução não é por aí, eu sei. Por isso é que a Claudete...

— O que é que tem a Claudete? Você não está pensando em ensinar a Claudete a fazer camisas e pijamas, está? — Havia raiva no rosto de seu Júlio.

— Não, Júlio. A Claudete não tem nenhum jeito para isso.

— Ainda bem. E, mesmo que tivesse, eu não ia permitir nunca. Nós ainda não estamos na miséria, graças a Deus. Eu não quero que ela trabalhe, por enquanto. Ela precisa é continuar os estudos. Eu não ouvi o que meu pai me recomendou e olha o que aconteceu. Estou aqui quase com cinquenta anos, num emprego que eu odeio, mas que não posso abandonar, senão minha família morre de fome. E eu não quero que minha filha chegue à minha idade nesse mesmo sufoco.

— Júlio, me desculpe, mas eu vou discordar de você. Trabalhar todos precisam um dia. E eu acho que a Clau...

— Vamos parar, vamos parar por aqui mesmo, antes que eu comece a engrossar feio.

— ... e eu acho que a Claudete está bem na hora de ter o seu primeiro emprego.

5 *A batalha continua*

A ousadia da mulher, que tinha terminado a frase apesar de sua ordem para interrompê-la, surpreendeu seu Júlio. Ele não estava acostumado com aquela rebeldia. Ficou alguns segundos sem ação e quando, já recuperado do susto, ia dar a resposta que a provocação merecia, foi atacado pelo outro flanco. Claudete, calada até esse instante, achou que já era hora de esquecer a covardia e socorrer a mãe.

— Pai, a mãe tem razão. Eu tenho dezoito anos, pai. Eu posso muito bem trabalhar e estudar. Não vou morrer por causa disso.

— Não, morrer você não vai — explodiu seu Júlio. — Mas, se você quiser trabalhar e estudar ao mesmo tempo, não vai fazer bem nem uma coisa nem outra.

— O que é isso, pai? Não é assim, não. Existe tanta gente que faz isso e consegue levar tudo numa boa...

— Pode ser que sim. Mas eu não quero arriscar o seu futuro por causa de algum dinheirinho a mais no fim do mês, para as despesas da casa.

— Não é tão pouco assim, pai.

— Que conversa é essa? Não me diga que você já andou até procurando emprego.

— Já, pai. E já encontrei.

— O quê? Eu não vou autorizar isso nunca. — Os olhos de seu Júlio pareciam estar soltando faíscas.

— Pai, quantas vezes eu vou precisar dizer que tenho dezoito anos?

— Eu não vou deixar. Não vou mesmo. Entendeu?

Enquanto pai e filha ficavam nesse vou não vai, dona Bete decidiu entrar de novo na guerra.

— Júlio, você não está vendo que essa atitude sua é completamente ridícula?

— Ridícula? Ridícula? — seu Júlio repetiu a palavra, como se não acreditasse no que tinha acabado de ouvir. Estava espantado. Definitivamente, aquela era a grande noite da revolução das mulheres. Jamais ele havia imaginado que isso pudesse ocorrer e, de repente, a coisa toda estava acontecendo bem na frente dele. Seria um ataque feminista internacional marcado para aquele dia?

— É. Ridícula — confirmou dona Bete. — Nossa filha não é nenhuma idiota. Se ela acha que pode estudar e trabalhar, o que nós devemos fazer é apoiar a decisão dela.

— É, pai. Nós somos uma família e eu não posso fingir que não tenho nada com as dificuldades da casa. Eu quero participar de tudo aqui. Não aceito ser a vida toda a bonequinha do papai e da mamãe.

Seu Júlio passou imediatamente do espanto à incredulidade. Pela primeira vez estava vendo Claudete como ela era — uma moça de dezoito anos — e não sabia como enfrentar a nova situação.

— Então quer dizer que você já conseguiu emprego?

— Consegui, sim, pai. Já levei os documentos e começo na semana que vem. Só falta providenciar a carteira profissional.

— Quero só ver se você vai ter fibra para tirar a carteira — desafiou seu Júlio.

— Por quê? É tão difícil assim? — assustou-se Claudete.

— Não. As pessoas perdem só um dia na fila... — disse ironicamente o pai, esforçando-se para desestimular a filha. Mas ela aceitou o desafio:

— Eu fico até dois dias, se for preciso.

— E a escola, como fica, se você for trabalhar mesmo?

— Já falei com a diretora da escola, a dona Marta, e ela me garantiu que autoriza a transferência para o noturno. É só fazer o pedido até 5 de janeiro. Que dia é hoje?

— Dia 3.

— Então. Depois de amanhã eu vou lá.

— Quer dizer que você já tratou de tudo mesmo, não é?

— Já, pai.

— E onde é que você está pretendendo trabalhar?

— No supermercado.

— Supermercado??? — Os olhos de seu Júlio se esbugalharam. A fumaça que subia do prato de sopa parecia sair de suas narinas. — Que supermercado?

— O Mil Ofertas.

— O Mil Ofertas??? Não, eu não acredito. Você só pode estar brincando comigo.

— Não estou, pai.

— Mas, filha! Eu digo todo dia que aquele supermercado é o inferno da minha vida e você vai querer trabalhar justamente lá?

— Eu achei o horário bom.

— Que horário?

— Das nove às seis, com uma hora para almoço. E o salário também não é mau.

— O que você vai fazer lá?

— Vou trabalhar na caixa.

— Meu Deus! Na caixa? Aquilo é uma responsabilidade enorme, minha filha. Você já pensou nisso? É um troquinho errado que você dá e lá se foi o que você ganhou num dia. E você acha aquele salário bom?

— Acho, pai. Vai dar para comprar livros, roupas para mim e ainda sobra algum para ajudar aqui em casa.

— Droga! Droga! Droga! Mil vezes droga! Só me faltava esta mesmo! Minha filha trabalhando no mesmo emprego...

— O que é isso, Júlio? — interveio dona Bete, interrompendo os socos que o marido dava na mesa. — Você por acaso está com medo de que ela descubra algum podre seu lá? Será que você tem uma amiguinha especial? Ultimamente você tem chegado mais tarde...

Isso era o máximo que seu Júlio podia suportar. Acabava de descobrir mais uma arma da mulher, que até então, em dezenove anos de casamento, ela nunca havia usado: a ironia. Sua vontade era virar a mesa e acabar com a conversa. Ia seguir seu impulso quando dona Bete, sorrindo, lhe perguntou:

— Júlio, você está ficando roxo. Será que a gente nem pode brincar com você? Calma, calma. Eu sei que você não é de ficar correndo atrás de rabo de saia... Ou é?

6 *Aquele lugar não presta*

Parecia impossível, mas seu Júlio estava ainda mais assombrado do que no início da conversa. Brincar com ele? Essa era outra das grandes novidades do dia. Ela não estava cansada de saber que ele não tolerava brincadeiras? Além disso, não tinha gostado nem um pouco daquela história de que ele não era de olhar para as mulheres. Nenhum homem gostaria dessa fama...

Sentiu-se derrotado. Percebeu que a decisão de Claudete estava tomada e que nada poderia mudá-la. Bom, se ela queria ir trabalhar no Mil Ofertas, mesmo sabendo que aquilo era um inferno, o jeito era deixar. Não dava uma semana para ela desistir. Fez uma pergunta só por perguntar, já sem esperança de virar o jogo.

— Quer dizer, então, que já está tudo certo?

— Está, sim, pai.

— E com quem foi que você falou?

— Com o gerente. O Vanderlei.

— E ele sabe que você é minha filha?

— Eu não disse nada. Mas, depois que eu já estava aprovada, ele viu o sobrenome e perguntou se você era meu pai. Aí eu disse que sim.

— Ainda bem. Pelo menos não vão dizer que você entrou por proteção. Ele explicou direitinho como é o serviço?

— Explicou. E disse que no início outra caixa vai acompanhar o meu trabalho, até eu me acostumar. Não é muito difícil, é?

— Trabalhar na caixa é sempre um problema. Mas o pior é o ambiente. Aquilo lá é um nojo. Só fofoca, fofoca, fofoca. Quando é que você foi lá?

— Hoje.

— Aposto que foi na hora em que eu saí para almoçar.

— Foi. Eu cheguei lá pelo meio-dia e fiquei ali na esquina, esperando. Você demorou um tempão para sair, hem?

— Você não acabou de me ouvir dizer que o sem-vergonha do gerente ficou duas horas almoçando? Eu e o Luís Antônio só pudemos ir almoçar quando ele voltou.

— O Luís Antônio é aquele que saiu com você?

— É.

— Ele não tem jeito de ser tudo aquilo que você diz que ele é.

— Você é ingênua mesmo, Claudete. Quem vê aparência não vê nada. Ele é malandro, sabe o que é ser malandro? Vive exigindo dinheiro para comprar o biscoito A e não comprar o biscoito B, para fechar negócio com o iogurte X e não fechar negócio com o iogurte Y. Para mim, isso é desonestidade. E do gerente, o que você achou?

— O Vanderlei? Também me pareceu normal. Um pouco vaidoso, meio entrão, perfumadinho, mas fora isso...

— Um pouco vaidoso? Você viu a roupa dele? Parece roupa de lorde. E aquele perfume chega a fazer doer a cabeça da gente. Vou lhe dar um conselho: cuidado com ele. As moças de lá sabem que, para passar a mão e agarrar, ele não pensa duas vezes. Outro dia, uma caixa, a Sueli, pediu a conta e foi embora. Ele estava dando demais em cima dela. Sabe qual é o apelido dele? Garanhão. Até a faxineira, que já tem uns cinquenta anos e é mais feia do que o rascunho do mapa do inferno, já levou mãozada e agarrão.

— Nossa! Ele é assim, é? — escandalizou-se dona Bete, fazendo uma careta de repugnância. Depois, reforçou o conselho:

— Então tome cuidado com ele, Clau. Eu, hem? Não fique sozinha com esse homem, de jeito nenhum. O que ele pensa que é? Dono das moças? Isso é assédio sexual. É só uma delas fazer queixa e ele vai ter de se explicar com a polícia. Nenhuma ainda pensou nisso?

— Elas têm medo de perder o emprego.

— E essa tal, que pediu a conta, por que não fez uma denúncia à polícia antes de ir embora, Júlio?

— Porque o Vanderlei não é tão bobo assim. Ele não dá muita bandeira. Ia ser a palavra dela contra a dele. Ela arranjou outro emprego e achou melhor sair numa boa do que acabar sendo demitida por justa causa.

— Mas como o safado ia conseguir isso?

— Ele é o gerente, não é? Ele pode armar qualquer coisa. Vocês acham que, com essa falta de emprego, alguém lá ia ser louco de testemunhar contra ele?

Com a tensão do diálogo, ninguém tinha dado uma colherada sequer na sopa. Quando seu Júlio se lembrou de que na mesa estava seu prato predileto e foi prová-lo, não gostou:

— Ô, mulher, isto aqui está frio. Assim não dá.

— Também, o que você quer? Você só fala, fala, fala. Calma, homem. Hora de comer é hora de comer. Se não, a comida pode até fazer mal. Espere um pouco, que eu vou esquentar.

— Foram vocês que provocaram — justificou-se seu Júlio e, para que as duas não julgassem extinto seu mau humor, armou sua melhor cara de zangado e resmungou:

— Afinal, come-se ou não se come nesta casa?

7 Essas caixas são umas loucas

Assim que entrou no supermercado, para o seu primeiro dia de trabalho, Claudete imaginou o nervosismo que devia sentir uma atriz de teatro no dia da estreia de uma peça. Suas pernas estavam bambas, sua boca estava seca e pelo menos duas vezes, no caminho, ela havia pensado em desistir e voltar para casa. Ia ser um vexame, depois de tanto esforço para convencer o pai a deixá-la pegar o emprego. Talvez por esse medo ela tenha vencido suas hesitações, ou talvez por uma frase que, para se encorajar, repetiu em todo o trajeto: você é uma mulher ou um rato?

Faltando cinco para as nove, ela bateu o ponto e, acompanhada por Deise, uma moreninha simpática que ia ajudá-la nos primeiros dias, foi para a caixa. Havia poucos fregueses no supermercado e ela precisou esperar quase cinco minutos para registrar a primeira compra: um litro de leite, meio quilo de presunto, quatro pãezinhos e uma água mineral. Não teve nenhuma dificuldade. Fez tudo rápido e sem erro e sorriu para retribuir o olhar de aprovação de Deise.

— É isso aí. Não é difícil, é?

— Não. Acho que vai dar. Tranquilo.

O movimento começou a crescer e a sequência de fregueses atendidos sem problema deixou Claudete com a certeza de que podia ser uma boa caixa. Com dois ou três dias de prática, talvez já pudesse dispensar a ajuda de Deise, embora fosse muito agradável conversar com ela.

Deise era uma ótima contadora de histórias — todas relacionadas com o supermercado — e com poucas palavras sabia definir um tipo.

— Está vendo aquela caixa ali? — perguntou ela, apontando uma baixinha de rabo de cavalo e nariz arrebitado. — É a Selma. Um doce de menina, mas burra como uma porta. Faz seis anos que ela namora um ruivinho que de vez em quando aparece aqui.

— E daí?

— Daí que só uma burra namora seis anos um cara que nunca fala em nada sério e nem emprego tem. Ela disse que hoje à noite, na festa de aniversário dela, vai dar um aperto nele, mas eu não acredito. O sujeito é folgado e vai dar um chapéu nela. Comigo ele não ia ter essa vida mansa, não. Você não quer ir à festinha da Selma? Vai ser num barzinho aqui perto.

— Não, acho que não. Minha mãe ia ficar preocupada e meu pai era capaz de me engolir viva.

— É, seu pai é nervosinho mesmo. A gente aqui conhece bem.

— Quer dizer que todo mundo aqui já sabe quem é meu pai?

— Aqui todo mundo sempre sabe de tudo. Mas você não quer ir mesmo? Ia ser ótimo para você ir se enturmando. Eu ia poder apresentar as outras meninas...

— Isso é. Mas eu não sei...

— Você não tem telefone?

— Tenho.

— Então por que você não avisa sua mãe?

— O maior problema mesmo é meu pai. Se eu for falar com ele, ele não vai me deixar ir.

— O negócio, então, é avisar só sua mãe.

— Aí, se ele chegar em casa e eu não estiver, você já viu...

— A festa começa às seis e pouco e deve ir até a meia-noite, porque nós vamos esperar a turma de caixas que entra ao meio-dia e sai às nove, mas você pode sair antes, se for o caso. Aí você chega antes do seu pai. Vamos, vá.

— Está bom. Acho que eu vou. Se meu pai souber e der bronca, azar. O que vocês vão dar de presente para a Selma?

— O presente dela vai ser a festa. Nós vamos rachar a despesa no barzinho e ela não paga.

— Eu estou com pouco dinheiro, mas tudo bem.

— Pode ir sem susto. Vai ser na base da batatinha frita, da cerveja e do refrigerante. Não sai caro, não. E, se você precisar de algum emprestado, eu tenho.

— Obrigada. Como é o nome daquela outra caixa ali? Aquela japonesinha.

Deise riu.

— Ela não é japonesa.

— Não? Será que eu estou precisando de óculos?

— Ela é alagoana ou sergipana, não lembro bem. Mas todo mundo, quando ainda não conhece, acha que ela é japonesa. O nome dela é Gilmara, mas o apelido você adivinha qual é?

— Hum, deixe ver... Japa?

— Quase. É Japinha. Essa não pensa em nada. Só em colecionar fotos de jogadores de futebol e em escrever cartas para eles. Parece que ela namora um jogador. É uma futemaníaca.

Claudete achou graça.

— Futemaníaca? Quá, quá, quá. E aquela outra caixa, mais ali no meio?

— É a Doroti, a Miss Batom.

— Miss Batom?

— É. Porque ela é louca para beijar todo mundo e vai espalhando batom para todo lado.

— É bonita ela, hem?

— Um exagero de boniteza. Se eu tivesse aquele rosto e aquele corpo, eu estava na tevê, não aqui. Sabe que muitos fregueses ficam na fila, mesmo tendo uma caixa vazia ao lado, só para ver a Doroti mais de perto? Mas não são só os fregueses, não. Sempre que tem uma folguinha, nosso gerente, o Vanderlei, o famoso Garanhão, vai dar uma conferida ali. As outras ele paquera também, aquele tarado, mas com a Doroti é demais. Ele até baba, sabe o que é babar? A Doroti dá corda para ele, mas a paixão dela, mesmo, é o Douglas.

— Douglas? Quem é? Ele é daqui?

— Logo você vai conhecer. Ele é o rapaz que traz troco para as caixas, que libera os cheques de valor alto e que umas cinco vezes por dia vem recolher o dinheiro.

— Recolher o dinheiro?

— É, para levar para o cofre, lá dentro, na sala do Vanderlei. Nunca fica muito dinheiro aqui nas caixas. Os ladrões estão sempre de olho. Uma vez um pivete ameaçou a Selma com um estilete, limpou a caixa e saiu correndo. Quando os seguranças foram ver, ele já tinha montado numa moto e desaparecido. Outra vez aconteceu com a Sueli, a caixa que trabalhou aqui até a semana passada. Você entrou na vaga dela.

— Por que foi que ela saiu? — perguntou Claudete, embora conhecesse a história e a participação de Vanderlei nela.

— Problemas com o Vanderlei. Ele andou dando uns amassos nela. Até aí, ela aguentou. Quando ele achou que só amasso era pouco, ela tirou o time e foi trabalhar numa locadora de carros.

— E você estava dizendo que ela também foi assaltada aqui?

— Ah, é. Eu não acabei de contar, não é? Um dia, de repente, ela se levantou da caixa e ficou apontando a saída. Um dos seguranças se aproximou e perguntou o que era. Ela não disse nada. Só continuou apontando a saída. O segurança não entendeu e perguntou de novo o que era. Ficaram assim um minuto ou mais. O segurança custou a compreender o que ela estava querendo explicar e não conseguia, porque a voz, com o susto, sumiu. Um homem muito bem-vestido tinha levado todo o dinheiro da caixa dela, depois de passar com três garrafas de uísque, ameaçando explodir uma granada se ela tentasse avisar alguém. Deram o alarme, foi aquela correria, mas não pegaram o bandido. Ele já estava longe, dirigindo um carrão importado.

— Nossa! Só podia ser um carro roubado.

— E sabe qual foi a maior? O cara de pau do ladrão passou pelo guarda do estacionamento, deu uma brecadinha, cumprimentou e sabe o que o guarda disse?

— Não. O que foi?

— Até logo, doutor. Volte sempre.

8 *Isto é um assalto?*

Claudete chegou a se dobrar de tanto rir. O caso era mesmo engraçado. Deise, embora já tivesse contado a história muitas vezes, riu também. Tão alegres e distraídas estavam que não perceberam a chegada de um rapaz alto, de camisa social e gravata.

Claudete foi a primeira a notar sua presença, parado ao lado da caixa, quase encostado nelas. Um arrepio a

percorreu da nuca ao tornozelo. Era um assaltante, só podia ser. Preparada para lhe entregar todo o dinheiro e implorar para que ele não a matasse, sentiu o azul dos olhos dele e fixou-se nos seus lábios finos, aguardando a ordem.

— O dinheiro — disse o rapaz, com uma calma que a impressionou. O pai tinha razão. Era mesmo uma ingênua. Ia sempre pelas aparências. Jamais pensaria que um homem bonito como aquele e tão bem vestido pudesse ser um criminoso. E, no entanto, ali estava ele querendo esvaziar sua caixa logo no primeiro dia de trabalho.

Já abrindo a gaveta com mão trêmula, Claudete olhou para Deise. Queria saber se a amiga estava tão apavorada quanto ela. Teve a maior surpresa da sua vida: Deise sorria para o bandido, como se um assalto fosse a coisa mais natural do mundo.

— O dinheiro — repetiu o rapaz. — E também os cheques, se tiver.

Só aí Claudete notou o crachá no peito dele. Então sorriu também, aliviada. Aquele devia ser...

— Este é o Douglas. Douglas, esta é a Claudete. É o primeiro dia dela com a gente.

— Oi — cumprimentou Douglas.

— Oi — respondeu Claudete, estranhamente perturbada. Não entendeu muito bem o que estava acontecendo com ela.

— O dinheiro — repetiu o rapaz.
— E também os cheques, se tiver.

Contou o dinheiro e o entregou a Douglas, que, depois de o recontar e anotar o total num papel, lhe estendeu uma caneta, pedindo que ela assinasse num espaço à direita. Ao lhe devolver a caneta, ela sem querer roçou a mão na mão dele. Sentiu o rosto se acender instantaneamente e, apesar do alvoroço do seu coração, pôde ver que também o rosto de Douglas se coloria de crescente rubor.

— Gente! — exclamou Deise, observando os dois. — Olhe só!

— O que foi? — perguntou Douglas.

— Ou muito me engano, ou pintou um clima aqui.

— O que é isso, Deise? Você está vendo coisas demais — disse Claudete, com a voz sufocada pela emoção.

— É — apoiou Douglas. — Qual é a sua, hem?

— Qual é a minha? Eu queria ter um espelho aqui, para vocês se verem. Nossa! Se isso não é paixão, eu não entendo mais nada. E as mãos de vocês, olhem como estão tremendo! Até eu fiquei arrepiada, gente. Vocês estão com vergonha por quê? O amor é lindo, galera.

Para se livrar logo do constrangimento, Douglas pegou o dinheiro e saiu dali, a caminho do setor da gerência. Tinha dado uns quinze passos quando Deise chamou a atenção de Claudete:

— Olhe só as orelhas dele.

Claudete olhou e viu duas brasas se afastando.

— Dá para acender cigarro nelas — brincou Deise.

Claudete riu. Era verdade. Deise então completou a brincadeira:

— E você está rindo do quê? Nas suas dá até para fritar ovos.

9 *Surpresas no restaurante*

Ao meio-dia, Deise perguntou a Claudete se ela não ia almoçar.

— Acho que vou, sim. Esse negócio de trabalhar dá uma fome...

— Não é o trabalho, não. É o amor.

— Você quer parar com isso, Deise? Já está perdendo a graça.

— Está bom, está bom. Você vai almoçar, então?

— Se puder, eu vou.

— Você não precisa nem pedir licença. Se eu fosse filha do subgerente, ia almoçar três vezes por dia. Fora os lanches.

— Eu não quero privilégio, não. Meu pai avisou que eu não vou ter moleza. Disse que aqui eu não sou filha dele.

— Eu sei. Seu pai é durão, todo mundo sabe disso. Às vezes durão até demais.

— Às vezes? Sempre.

— Você, que é filha dele, deve saber melhor do que ninguém. Mas pode ir agora, sim. Eu fico aqui. À uma, quando você voltar, eu vou.

— Da uma às duas eu vou ficar sozinha, então?

— É. Mas pode ficar sossegada. Nessa hora o movimento é bem pequeno. Qualquer dúvida, você fala com a Doroti. Ela vai sair agora, também, e à uma ela volta.

— Onde você costuma almoçar?

— O pessoal geralmente vai ao restaurante por quilo aí na rua de trás. Você logo vê a placa. É baratinho. Tem uns dez tipos de salada e quatro ou cinco pratos quentes. Você pega o que quiser e paga pelo peso. Hoje é segunda, não é?

— É.

— Então hoje o prato principal é virado à paulista. Você gosta?

— Humm! Demais. Olhe, já estou até com água na boca. Tchau, então.

— Tchau. Bom apetite.

Claudete logo encontrou o restaurante. Ao entrar, viu alguns funcionários do supermercado, que ocupavam uma mesa grande. Havia ali uma cadeira vaga, mas, como ninguém lhe fez sinal e ela ainda não tinha intimidade com eles, fez seu prato e sentou-se a uma mesa de dois lugares, num canto. Assim que deu a terceira ou quarta garfada, ouviu uma voz conhecida:

— Oi. Posso ficar aqui com você?

Levantou o olhar e viu uns olhos que lhe pareceram ainda mais azuis, brilhando sobre aqueles tentadores lábios finos que repetiram o pedido:

— Posso?

Respondeu que sim, encantada com a simpatia que parecia ter despertado em Douglas. Ele estava fazendo aquilo só porque era o primeiro dia dela no supermercado ou...?

Ficaram alguns instantes em silêncio, mastigando lentamente e procurando um assunto que fizesse cada um assumir diante do outro a naturalidade que nenhum dos dois tinha. Pensaram num tema, pensaram em outro, pensaram em vários, mas os minutos passavam angustiantemente e o silêncio persistia. Afinal, Douglas teve a ideia salvadora.

— Está um calor aqui, não está? — perguntou, desabotoando o colarinho e afrouxando o nó da gravata.

— Está, sim — concordou Claudete com entusiasmo e convicção, aliviada com o fim do silêncio.

Depois disso, a conversa deslanchou. Falaram do virado à paulista, que ambos acharam ótimo, do pãozinho, quente e macio, do arroz, soltinho e gostoso, do suco de laranja, mais ou menos, e do café, frio e fraco.

Estavam tão dispostos a agradar um ao outro que, se Douglas dissesse a Claudete que detestava cinema, Claudete seria bem capaz de dizer que também não gostava muito — justo ela, que tinha no quarto fotos de Tom Hanks, Demi Moore, Arnold Schwarzenegger e Sharon Stone, para falar só dos mais famosos. E, se Claudete dissesse a Douglas que odiava futebol, Douglas talvez dissesse que também não era muito chegado — logo ele, que não perdia um jogo do seu time.

10 *Papo vai, papo vem*

Enquanto durou o almoço, Claudete e Douglas mantiveram o clima de agrados mútuos. No momento em que se levantaram para pagar a conta e sair, Claudete sentiu um olhar rancoroso e despeitado. Era Doroti, a Miss Batom. Para fugir desse olhar, Claudete virou o rosto para o lado. Foi atingida, então, por outro olhar, severo e acusador. Era seu Júlio, que havia chegado sem ela notar e ocupado a cadeira vaga na mesa dos funcionários.

Claudete procurou não se abalar. Na volta ao trabalho, Douglas, um pouco mais à vontade, contou que tinha vinte anos, estava no supermercado fazia três anos e pretendia cursar administração de empresas. Havia acabado o segundo grau dois anos antes e, começando a trabalhar, tinha perdido um pouco o embalo do estudo. Mas em março queria entrar em um cursinho noturno, para no fim do ano fazer o vestibular.

— Quer dizer que o trabalho prejudicou seus estudos? — perguntou Claudete, preocupada.

— Às vezes eu penso que sim, às vezes eu penso que não. Foi mais preguiça minha, eu acho. Quando o cara quer mesmo uma coisa, encontra tempo para tudo.

— É o que eu penso também. Este ano eu vou acabar o segundo grau e quero ver se no ano que vem entro numa faculdade — explicou Claudete, contando a Douglas sua conversa com o pai, uma semana antes.

— Então você não pode vacilar. Eu conheço bem seu velho. Ele não é mole, não. Se você não cumprir o que prometeu, ele vai cobrar mesmo, pode crer.

— Eu sei. Ele devia ser do Exército. Em casa, só falta fazer minha mãe bater continência e marchar. E ele não larga também do meu pé. Implica com o programa de televisão que eu estou vendo, com a roupa que eu ponho, com o meu jeito de espirrar, com tudo. Minha mãe é daquelas mulheres antigas, que fazem tudo para não brigar com o marido. Se ela quer ser assim, tudo bem. É problema dela. Mas eu não vou mais aguentar isso.

— Acho que você não deve esquentar a cabeça. Meu pai também é assim. E você quer saber de uma coisa? Minha mãe é quase igual. Eles gostam mais do meu irmão. Também, ele é médico, casado e já deu um neto a eles... Para ele, só elogios. Para mim, só conselhos, conselhos, conselhos. Não faça isso, Douglas. Nem pense nisso, Douglas. Você precisa voltar a estudar, Douglas. Mas eles não fazem por mal. Acham que tudo é para o meu bem.

— Meu pai também. Ele quer o meu bem, eu sei. Mas não é fácil ficar pedindo licença para tudo. Eu tenho vontade de dizer a ele que ele não é pai. É uma repartição pública. Tudo que eu faço precisa ser carimbado antes por ele. Você viu como ele olhou para nós lá no quilo?

— Ele estava lá?

— Ainda bem que você não viu. Ele quase fulminou a gente com os olhos.

— Ah, é?

— Eu já sei que hoje à noite ele vai me fazer um monte de perguntas. Só pelo jeito como olhou para nós...

— Puxa, então ele é mais chato do que eu pensava. Ah, me desculpe.

— Não precisa pedir desculpa. Você usou a palavra certa. Ele é chato mesmo. Toda vez que me vê conversando com um cara é um drama. Sempre foi assim, desde que eu era menina.

— Mas de qualquer jeito eu não devia ter dito isso.

11 *Um ladrão no Mil Ofertas*

Quando chegaram à frente do Mil Ofertas, Douglas segurou a mão de Claudete.

— Você vai à festa da Selma?

— Vou. E você?

— O que você acha?

— Não sei.

— Claro que eu vou — garantiu Douglas, piscando. — Você não vai conseguir se livrar de mim. Será que seu pai não vai também?

— Meu pai numa festa, com aquele bom humor? Esquece.

— Sorte sua, hem?

— Sorte minha? Sorte de todo mundo, isto sim.

Quando Claudete e Douglas chegaram ao supermercado, Deise sorriu, maliciosa. Continuava apostando que dali ia sair namoro.

Até as três horas, o movimento no supermercado foi pequeno. Depois, aumentou muito. Com o crescimento das filas e a impaciência dos fregueses, Claudete, que de manhã tinha achado o trabalho fácil, mudou bastante sua opinião. Transpirando, aflita, olhava todo instante para Deise e seu olhar era um pedido de socorro. Deise sorria e recomendava:

— Calma, menina, calma.

Depois estendia a recomendação à fila:

— Calma, pessoal. Calma aí. A menina está começando hoje.

Alguns fregueses se mostravam compreensivos, outros resmungavam. A vantagem dessa agitação toda foi a passagem rápida do tempo. Quando Deise lhe disse que faltavam cinco para as seis, ela só acreditou depois de consultar o relógio.

— Nossa! Eu pensei que fossem só umas quatro!

Na fila para bater o ponto, ela ouviu uma conversa um pouco à sua frente.

— Parece que andaram sumindo algumas mercadorias do depósito.

— Outra vez?

— Outra vez. E agora dizem que foi coisa grande.

— Como é que descobrem essas coisas?

— Na era do computador, o controle é fácil. É só o pessoal do depósito querer conferir, que confere.

— É. É só checar o que foi comprado e o que foi vendido. Não tem erro.

— O Vanderlei acha que tem uma gangue aqui dentro.

— Só pode. Toda semana agora tem roubo.

— Para mim, isso é coisa do gerente ou dos subgerentes.

— Como você fala alto. Quer perder o emprego, quer?

— Não tem nenhum dedo-duro aqui, tem? Eu estou só falando o que eu penso. Se some alguma coisinha de vez em quando, a gente pode até pensar em ladrão pé de chinelo. Mas, se desaparece um monte de coisas toda hora, como está acontecendo ultimamente, você só pode achar que algum graúdo tem culpa no cartório. É ou não é?

— É, o que você falou tem lógica. Mas quem?

— O Vanderlei é maluco por mulher, parece que sustenta umas quatro, e também gosta de tudo que é jogo. Dizem também que aposta nos cavalinhos, mas será que...?

— Sei lá.

— E o Luís Antônio? Ele anda comprando muita coisa. O apartamento, aquele carrão...

— É. Quem vive pedindo comissão para os vendedores pode também...

— Ah, qual é? Comissão todo mundo leva. Quem é trouxa?

— Vocês só falam do Vanderlei e do Luís Antônio. E o...

Nesse momento Doroti, a Miss Batom, que participava da conversa, olhou para trás e, tentando disfarçar, avisou que Claudete estava ali. Depois de alguns cochichos, ninguém mais disse nada. Ao passar por Claudete, Doroti sorriu com desdém. Claudete não precisava de mais nenhum sinal para saber que, já no primeiro dia, havia conseguido arranjar uma inimiga.

12 *Cadê a aniversariante?*

Depois de bater o ponto, Claudete foi até a porta do Mil Ofertas e ficou esperando Deise, que estava um pouco atrás na fila, conversando com Selma e com Gilmara, a Japinha. Viu Doroti atravessar a rua rebolando, acompanhada por quatro ou cinco assanhadíssimos rapazes que prometiam acabar com a bebida do barzinho.

— Quantos anos faz a Selma? — perguntou um deles.

— Vinte, eu acho — respondeu outro.

— Então — vangloriou-se o primeiro — eu vou beber vinte cervejas, para festejar.

— Você? — riu Doroti. — Na segunda garrafa você já vai estar esticado no chão.

— Se eu beber as vinte, você me dá um beijo?

— Acho melhor dar o beijo agora, enquanto você está vivo. Beijar defunto não é o meu forte.

— Sabe que essa é uma ótima? — comemorou o candidato ao beijo, enquanto os outros, pulando como sacis, armavam um coro:

— Eu também quero! Eu também quero!

Um motorista, irritado com aquele grupo de doidos à sua frente, meteu a mão na buzina, jogou o farol alto nos olhos deles e ainda berrou, ao passar:

— Seus filhos de uma...

Doroti e seu séquito responderam com gargalhadas.

— Olhe lá a maluca da Miss Batom — apontou Deise, chegando à porta do Mil Ofertas com Selma e com a Japinha.

— Pelo jeito, a festa vai ser o máximo — previu Selma.

— Acho que vai, sim — animou-se a Japinha. — Vamos lá?

— Vão vocês — sugeriu Selma, ajeitando o rabo de cavalo. — Eu combinei me encontrar com o Silvinho aqui na porta.

— Nós vamos, então, senão aquela turma ali na frente acaba com a comida e a bebida do barzinho — disse Deise.

— Vamos — concordou a Japinha. — Mas você não vai demorar muito, vai, Selma? É bom não esquecer que você é a aniversariante.

— Ei, e você, não vem? — quis saber Deise, notando que Claudete hesitava. — Você também marcou com alguém aqui na porta?

Claudete sorriu e fez que sim, com a cabeça.

— Calma, Clau. Pode ficar tranquila. Ele sabe onde é a festa.

Quando as três entraram no barzinho, duas mesas já estavam ocupadas. A festa, no início programada só para as caixas, tinha recebido a adesão de alguns rapazes das seções de frios e de laticínios e de mais três ou quatro de outros setores, entre eles Douglas, que, embora Claudete nem imaginasse, havia decidido ir só depois de saber que ela iria.

Claudete, Deise e a Japinha foram para uma mesa vazia, no fundo. Os rapazes que estavam com Doroti protestaram:

— Por que vocês não vêm sentar aqui?

— Porque aí não tem mais lugar — respondeu Deise.

— Isso a gente resolve fácil — disse um dos rapazes. — Vocês podem sentar no nosso colo. É de graça.

— Você é que é uma graça. Uma gracinha mesmo — brincou Deise.

Cheia de ciúme, Doroti começou a distribuir beijos para os seus adoradores, para evitar a sua debandada.

— Seu namorado não vem, Japinha? — perguntou Deise.

— Não. Ele foi até Campinas, para ver se fecha um contrato com o Guarani. Se não der certo, este ano ele vai jogar no Sul. Mas ele prefere ficar por aqui, sabe como é — sorriu a Japinha, faceira.

— Sei. Por que será, hem?

O garçom trouxe três Cocas e uma travessa de batatas fritas, que elas logo começaram a fisgar com palitos.

A Japinha olhou para a travessa como se as batatas não fossem suficientes para matar a sua fome.

— Gente, este é que é o cardápio hoje?

Deise se divertiu com a pergunta.

— É. Batatinhas fritas, refrigerantes e cervejas. O que você queria mais numa festa de caixa? Se fosse uma festa de gerente ou subgerente, a coisa podia...

— Olhe, olhe — interrompeu a Japinha. — Por falar em subgerente, vejam só quem está chegando.

Deise e Claudete olharam para a porta e viram Luís Antônio entrando. Todos os outros também notaram a entrada dele e começaram a fazer uma algazarra.

— Olhe aí, galera.

— Chegou o representante da chefia.

— É mesmo.

— Eu não acredito.

— Que honra, hem?

Luís Antônio quis recuar, mas já era tarde. A gritaria aumentou.

— Entra, entra, entra.

Sem jeito, ele disse:

— Oi, pessoal, o que vocês estão festejando?

— O aniversário da Selma.

— Da Selma? Mas eu vi a Selma agora mesmo, lá na porta do supermercado...

— É que ela está esperando o príncipe dela — comentou Doroti, enquanto um dos seus fãs, já meio bêbado, levantava o copo e oferecia:

— Vai uma cervejinha aí, Luís Antônio?

— Não, obrigado. Eu só vim tomar um cafezinho e comprar um maço de cigarros. Preciso voltar para lá. Até as nove ainda tem muito chão.

Ele tomou o café, pegou os cigarros e se despediu.

— Até amanhã, pessoal.

13 *O show de Miss Batom*

Quando ia saindo, Luís Antônio esbarrou em Douglas, que vinha chegando.

— Você é que é feliz, Douglas. Seis e meia e você já está livre.

— É. Mas eu não tenho carro zero nem apartamento.

— Um dia você chega lá.

— Espero que sim — disse Douglas, dando-lhe tchau com a mão e entrando. Ao passar pela mesa de Doroti, foi parado por ela.

— Ué, eu não sabia que você vinha, Douglas.

— Eu resolvi na última hora.

— Que bom. Senta aqui com a gente.

— Não, obrigado. Aqui nem tem lugar.

— Eu pego uma cadeira para você.

— Pode deixar. Não precisa. Eu vou ficar ali — avisou Douglas, apontando a mesa de Claudete.

Irritada, Doroti esvaziou um copo de cerveja, bebeu outro logo em seguida e, quando o garoto da seção de frios que já a havia beijado algumas vezes pediu mais um beijo, ela ordenou:

— Tudo bem. Eu dou. Mas, primeiro, você precisa se ajoelhar e pedir por favor.

O garoto obedeceu: ajoelhou-se, pediu por favor e recebeu o prêmio. Imediatamente os outros da mesa, também já afetados pela bebida, repetiram o ritual e foram beijados por ela.

Claudete estava espantada.

— Nossa. Que nojo! Ela faz sempre isso?

— Não. Hoje ela está exagerando — garantiu Deise.

— Ela quer se divertir, só isso. Deixem para lá — propôs a Japinha. — Vocês estão parecendo duas velhas carolas.

Nesse instante, Doroti, que tinha ouvido o comentário, olhou para Claudete com pouco-caso e disse, bem alto:

— Uma é só carola. A outra é carola, intrometida e má colega.

O sangue de Claudete ferveu num segundo e ela respondeu:

— Antes carola do que p...

A última palavra não chegou a ser dita inteira. Ficou presa nos lábios de Claudete, que se levantou num salto, como se a cadeira tivesse mola. Sua vontade era encher Doroti de pancadas, mas no meio do caminho conseguiu se controlar. Douglas pôs a mão no seu ombro:

— Calma, calma. Assim você entra no joguinho dela.

— Calma? Ela me ofende e você acha que eu é que estou errada? Eu vou embora.

— Então eu vou também.

— Não venha atrás de mim, me deixe em paz. A culpa é sua. O que é que você tem com essa...?

— Nada, eu juro.

— Tem, sim. Só pode. Se não tivesse, ela não ia pegar no meu pé assim. Quer saber de uma coisa? Ela pode ficar com você, que eu não ligo a mínima.

— Mas, Claudete, eu...

— Chega. Eu não quero mais ouvir nada. Vou embora. Não quero ficar aqui fazendo papel de idiota.

Claudete voltou para a mesa e disse a Deise:

— Amanhã você me diz quanto eu preciso pagar pela minha parte.

Deise pediu a ela que ficasse e Douglas também insistiu, mas ela se desvencilhou dele e saiu correndo. Ao chegar ao ponto do ônibus, deixou escapar o choro que tinha sufocado por orgulho. Uma senhora perguntou por que ela estava chorando e ofereceu ajuda.

— Não, obrigada. Não precisa se preocupar. Não é nada. É só um pouco de dor de cabeça — justificou-se Claudete. Mas já sabia, embora lhe custasse admitir, que aquela explosão e aquele choro tinham um motivo: ciúme de Douglas.

*— Não venha atrás de mim, me deixe em paz.
A culpa é sua. O que é que você tem com essa...?*

14 *Mãe, eu fui uma boba*

Embora tivesse prometido a si mesma só contar o que tinha acontecido de bom na sua estreia no trabalho, Claudete foi traída por seus olhos, ao chegar em casa.

— Ei, o que foi? Você chorou?

— Não, mãe, acho que é aquela irritação de novo. Eu até andei pingando aquele remedinho, lembra?

— Lembro, filha, mas isso foi há uns três meses.

— Então, hoje a irritação voltou com tudo. Acho que foi a poluição.

— Clau, você nunca soube mentir. Isso é olho de choro. Pensa que me engana?

Claudete quis insistir na mentira, mas acabou chorando de novo.

— Filhinha, se você não me disser o que aconteceu, eu não vou poder ajudar.

— Ah, mãe, ah, mãe.

— O que foi? Você não conseguiu fazer direito o seu trabalho?

— O trabalho não é difícil, mãe.

— Então o que é? Seu pai pegou no seu pé lá?

— Não, mãe. Eu nem vi a cara dele.

— Eu não estou entendendo. Quando você me ligou, à tarde, para avisar que ia à festa, você disse que estava tudo bem...

— O problema foi a festa. Tudo estava até que mais ou menos, até o Douglas chegar. Depois...

— Quem é o Douglas?

— Ah, mãe, desculpe. O Douglas é um rapaz legal, que eu conheci lá no Mil Ofertas. Eu almocei com ele, a gente bateu um papo muito legal e combinou se ver na festa.

— Já sei. Ele não foi à festa.

— Foi, mãe, mas antes não tivesse ido.

— Por quê? Ele aprontou alguma com você? — perguntou dona Bete, pensando se o tal Douglas não seria algum fiel seguidor do gerente metido a garanhão.

— Não aprontou, não. Ele é legal. O problema é uma... garota que trabalha lá, uma tal de Miss Batom.

— Miss Batom? Puxa, que apelido, hem? O que ela é, uma mulher fatal?

— Só podia, não é, com esse apelido?

— E o que ela fez? Devorou o Douglas na sua frente?

— Mãe, se é para a senhora levar na gozação, eu...

— Ô, filha, não precisa ficar nervosa. Pode me dizer tudo que aconteceu, que eu prometo ouvir quietinha.

Claudete falou da marcação de Doroti quando notou o interesse de Douglas por ela, contou o que tinha acontecido na festa e, ao chegar ao fim da história, estava de novo com os olhos úmidos. Dona Bete abraçou a filha, beijou seus cabelos e comentou:

— Não precisa dizer mais nada. Já vi que você está apaixonada por esse Douglas.

— Também não é assim, mãe — protestou Claudete.

— Eu digo isso não é para você ficar envergonhada, Clau. Se você gosta dele, como eu estou sentindo, acho que o jeito é esclarecer tudo bem certinho com ele. Se ele preferir a tal de Miss Batom, sabe de quem é o azar? Não é seu, é dele, com certeza.

— Você tem razão, mãe. Eu preciso me entender com ele. Você acha que eu fui muito boba fazendo a cena que eu fiz na festa?

— Acho que não. Não foi ela que começou a provocar?

— Foi, mas eu devia ter ficado na minha. O que o Douglas vai pensar de mim?

— Vai pensar que você gosta dele, só isso. Puxa, ele deve ser um galã, para provocar tanta briga.

— É, ele não é de se jogar fora.

Dona Bete ficou feliz ao ver que a filha havia recuperado o bom humor.

— Quer que eu ponha a comida no prato?

— Não, mãe. Eu comi tanta batata frita no barzinho... Vou esperar o pai. Quando ele vier, talvez eu belisque alguma coisinha.

15 ***Pai, assim não dá***

Seu Júlio chegou com a cara mais amarrada do que nunca. Entrou pisando firme, como se fosse um soldado marchando. Atirou o paletó em cima da cadeira e foi para a cozinha, onde Claudete continuava contando as aventuras e as desventuras do seu primeiro dia de trabalho. Ao ver a filha, ele puxou o ar com força, expeliu tudo de uma vez só e, sem dizer boa-noite, começou:

— Cada dia, agora, você vem com uma revelação, não é?

Pressentindo que ele ia falar do almoço dela com Douglas, Claudete ficou calada. O nervosismo do pai era tão sem fundamento que nem merecia resposta. O silêncio da filha deixou seu Júlio ainda mais zangado. Virando-se para dona Bete, ele perguntou:

— Sabe que eu dei um flagra nela?

— Flagra?

— É. Eu fui almoçar no quilo e quem estava lá? Sua filha, na maior intimidade com um sujeitinho lá do supermercado.

— Já sei — disse dona Bete. — Foi com o Douglas, não foi?

— Ah, ela teve o descaramento de contar a você?

Aí Claudete não aguentou mais.

— Descaramento não, pai. Eu contei porque não vi mal nenhum nisso.

— Então você acha normal conhecer um sujeito e no mesmo dia ficar mostrando todos os dentes para ele? Para mim, isso tem um nome: assanhamento.

Claudete perdeu a voz e quem tomou a palavra foi a mãe, tão indignada quanto ela.

— Júlio, quer dizer que você acha um crime a Claudete almoçar com alguém?

— Almoçar? Ela estava era paquerando escandalosamente com ele. Só você vendo.

— Mesmo que ela estivesse paquerando, qual é o problema? Ela já tem dezoito anos, Júlio. Dezoito. Será que você nunca vai se lembrar disso?

— Bete, você não vê como isso é desagradável para mim? A filha do subgerente na boca do povo?

— Meu Deus, como você é ultrapassado, Júlio. Você não existe. Você é um dinossauro. Por que você não arranja um jeito de a Claudete almoçar sozinha, trancada no banheiro?

— Vou pensar nisso.

— Às vezes eu acho que você está brincando.

— Brincando, eu? Eu estou é pensando no futuro dela. Trabalhando e namorando, que tempo vai sobrar para o estudo?

— Você precisa aprender a confiar em mim, pai. Eu não sou mais criança.

— E o que é você, então? Uma mulher?

— Não, pai. Eu sou uma idiota, por ficar tentando manter uma conversa séria com o senhor.

— O quê? O quê? Você ouviu o que sua filha me disse, Bete? Se eu dissesse uma coisa dessas ao meu pai, ele me enchia de bofetadas. Sabe de uma coisa? Você já estragou meu apetite.

— Já que ele está estragado, acho então que não faz mal eu contar que agora à noite eu fui com o Douglas à festinha da Selma.

Dessa vez, quem perdeu a fala foi seu Júlio. Enquanto ele procurava uma resposta para a suprema ousadia da filha, Claudete deu um boa-noite ríspido e foi para o seu quarto.

— Você é testemunha, Bete, você é testemunha. Acho que o que faltou para educar bem essa menina foram umas boas surras na hora certa. A culpada foi você. Quem educa as filhas é a mãe. Se ela fosse um menino, você ia ver como ia andar na linha. O que tem para comer hoje?

— Olhe, o que tem está aí em cima do fogão. Se você puder esquentar sozinho, é um favor. E, agora, se você não se importa, eu vou dormir. Estou com muita dor de cabeça.

Boquiaberto, seu Júlio começou a destampar as panelas, para ver o que ia jantar. Em quase vinte anos de casamento, era a primeira vez que ele precisava esquentar a comida. Parecia ter perdido o controle tanto da mulher quanto da filha.

16 *A festa e depois da festa*

Depois que Claudete foi embora, Douglas sentou-se à mesa em que estavam Deise e a Japinha.

— Posso ficar aqui com vocês?

— Pode, claro — respondeu Deise, amistosa.

— Pode — consentiu a Japinha, sem entusiasmo. Ainda estava zangada com Claudete.

— Vocês duas viram como ela ficou nervosa? O que aconteceu? A Doroti provocou?

— A Doroti estava na dela — disse a Japinha. — A Claudete é que perdeu a paciência.

Deise discordou:

— Não foi bem assim. A Doroti atiçou um pouco, sim.

Irritada com a observação de Deise, a Japinha pediu licença, pegou uma cadeira e foi sentar-se ao lado de Doroti, num canto da mesa.

Douglas se desculpou com Deise:

— Eu não devia ter tocado no assunto. No fim, a Japinha ficou nervosa com você.

— Tudo bem. Eu não ligo. Amanhã tudo volta ao...

Sua frase foi cortada por uma ensurdecedora algazarra. Gritos, vivas e palmas misturaram-se com o ruído de copos batendo em copos e talheres batendo em pratos. Era a aniversariante que chegava, acompanhada por Silvinho, o namorado.

— Selma! Selma! Selma!

— Parabéns a você... — começou a cantar alguém, logo seguido entusiasticamente por todos.

— Nesta data querida...

— Muitas felicidades...

— Muitos anos de vida!

— E como é que é?

— É pique, é pique, é pique.

— É hora, é hora, é hora.

— Rá, tchim, bum.

— Selma! Selma! Selma!

A festa então pegou fogo. Depois das nove, quando chegaram, as outras caixas foram recebidas com nova explosão de alegria. Nesse ritmo, parecia que a reunião ia se estender até a madrugada.

Perto das dez horas, Douglas perguntou a Deise se ela ia ficar até o final. Ela disse que sim e ele, depois de lhe passar algum dinheiro para a conta, se despediu. Estava cansado. Ao passar por Doroti, levou um beijo de raspão no rosto. Chegando à porta, ainda ouviu a gargalhada dela e a sua voz alterada pela cerveja:

— Tchauzinho, amor.

Douglas tinha deixado a sua moto no estacionamento do supermercado. Naquela hora, o Mil Ofertas já estava fechado e ele ia precisar falar com um dos seguranças que passavam a noite lá dentro.

Pensando na discussão que tinha tido com Claudete, foi caminhando devagar. Quando já estava perto do estacionamento, que ficava na parte de trás do supermercado, notou um vulto encostado num poste. Parecia estar se escondendo de alguém. Apesar da distância, quando um carro passou e iluminou o lugar, ele teve a impressão de que era... Sim, era Vanderlei.

A atitude do gerente era tão esquisita que Douglas parou e se encostou em uma árvore. Ficou ali observando Vanderlei até que este, sempre olhando para trás, começou a andar na direção dele. Douglas receou que ele o tivesse visto, mas Vanderlei atravessou a rua. Quando outro carro iluminou a rua, Douglas pôde ver que ele estava sorrindo.

Assim que se recuperou do susto, Douglas ouviu um ruído de motor e, em seguida, a porta do estacionamento se abriu. Reconheceu o carro. Era o de Luís Antônio. Esperou que ele saísse e estranhou a demora. Era contra as normas de segurança deixar a porta escancarada tanto tempo à noite. Percebeu que o subgerente conversava com um dos guardas. Só cinco minutos depois o carro arrancou.

Douglas pegou a moto e não fez nenhuma pergunta ao guarda. Afinal, o que havia de tão estranho naquilo? Tinha visto Luís Antônio sair do estacionamento uma hora depois do encerramento do expediente. E daí? Ele mesmo não tinha ido lá apanhar sua moto já com o Mil Ofertas fechado?

Mas, e Vanderlei? Devia ter saído com o carro e estacionado longe dali, para poder vir descendo a rua a pé e colocar-se furtivamente atrás do poste. Para vigiar Luís Antônio ou para esperar que o subgerente saísse e voltar mais tarde? E voltar para quê?

Desistiu de pensar naquilo tudo. Não ganhava para ser detetive. Os boatos de roubos no Mil Ofertas deviam estar mexendo com a sua imaginação. Precisava de um bom sono, para acordar bem-disposto e tentar se entender com Claudete.

Douglas ficou observando Vanderlei até que este, sempre olhando para trás, começou a andar na direção dele.

17 *O sonho de cada um*

Enquanto Douglas, já quase dormindo, imaginava a melhor forma de fazer as pazes com Claudete na manhã seguinte, Vanderlei entrou numa sala enfumaçada de um prédio no centro da cidade. Ali, distribuídos em uma infinidade de mesas, homens e mulheres de variadas idades empenhavam-se em tensos jogos de pôquer, que em poucas horas faziam fortunas mudar de mãos e alteravam o rumo de muitas vidas.

Assim que o viu, um homem de cabelos grisalhos e rosto pálido se aproximou:

— Veio pagar o que me deve?

— Você me deu prazo de uma semana, lembra?

— Quem precisa se lembrar disso não sou eu. Você já ouviu dizer como eu sou duro com os que não me pagam, não ouviu?

— Já, já — repetiu Vanderlei, passando um lenço na testa suada. — Pode ficar sossegado que em uma semana você vai ter o seu dinheiro. Talvez até antes...

— Você vai jogar hoje?

— Vou.

O homem olhou para ele com desprezo.

— Se você está esperando que eu lhe faça mais um empréstimo, é bom ir desistindo.

— Pode deixar. Eu tenho o suficiente para o jogo. Estou sentindo que a sorte hoje está comigo.

— Você disse a mesma coisa nas outras noites.

— Mas hoje vai dar certo. Eu sei que vai.

Duas horas depois, Vanderlei tinha uma montanha de fichas à sua frente e resolveu apostá-las todas numa parada decisiva. A sorte já havia mostrado que estava mesmo com ele, suas cartas estavam ótimas e não havia como perder. Ganhando aquela parada, pagaria suas dívidas e ainda sairia com um bom dinheiro. Sorriu o sorriso dos vencedores.

Enquanto isso, no seu amplo apartamento, num bairro classe A da cidade, Luís Antônio garantia à mulher que ela não precisava se preocupar, porque as prestações atrasadas seriam pagas ainda naquela semana.

— E as do carro? — perguntou ela.

— As do carro também — respondeu Luís Antônio.

Em casa, seu Júlio dormia e sonhava com o carro que fazia muito tempo estava querendo comprar. Talvez assim a mulher e a filha o respeitassem mais.

18 *Será que ele me perdoa?*

No dia seguinte, Claudete acordou mais cedo do que o pai, aprontou-se, tomou café correndo e saiu antes dele para o trabalho. Não queria falar com ele sobre Douglas e tinha certeza de que, se conseguisse evitar a conversa de manhã, em casa, estaria livre dela até a noite. No supermercado, o pai procuraria ignorar sua presença, como tinha feito na véspera. Lá, como em casa, era como se fossem estranhos. Bem que todos diziam que a principal causa de todos os problemas era a falta de diálogo, pensou ela, sorrindo amargamente.

Continuava revoltada com o pai. Como ele podia achar que conversar com alguém, ou até namorar, era pecado? Ele não tinha namorado antes de se casar? Por que, então, o olhar severo e acusador no restaurante e por que aquela conversa irritada que ele tinha tido com ela e com a mãe à noite? Será que o pai tinha ciúme dela, como às vezes a mãe dizia? Se ela não fosse filha única, talvez ele não fosse tão vigilante como era, talvez a deixasse respirar.

Depois de bater o ponto, foi para a sua caixa. Assim que se sentou e cumprimentou Deise, recebeu um olhar enviesado e cheio de veneno de Doroti. Selma e Gilmara, a Japinha, a cumprimentaram com um aceno gélido. Ela até entendia que a Japinha pudesse estar magoada, por causa da reação dela ao ser chamada de carola, na véspera. Mas como explicar a frieza de Selma? Não precisou pensar muito para achar a causa. Como aniversariante, ela não devia ter gostado nada da saída de Claudete antes de ela chegar. Além disso, as duas, como velhas amigas de Doroti, iam tomar o partido de quem? De uma novata no supermercado, como ela?

— Elas são sempre assim entusiasmadas? — disse Claudete a Deise. — Puxa, eu me sinto como se estivesse desfilando em carro aberto e ouvindo os aplausos de cinquenta mil pessoas. Olhe, eu estou arrepiada.

Deise deu uma gargalhada que ecoou escandalosamente no supermercado quase vazio. Os quinze ou vinte fregueses que circulavam pelos corredores pararam, surpresos. Selma, Gilmara e Doroti olharam no mesmo instante para Deise e Claudete. Selma e Gilmara, com desdém. Doroti, com desprezo nos lábios rubros de batom.

— O jeito é não ligar — disse Deise. — A Selma e a Japinha logo logo estão falando de novo com você. Já a Doroti, não sei, não. Essa história de você com o Douglas mexeu com a estrutura dela.

— Eu tenho culpa se a grande paixão dela quis almoçar comigo?

— Não, Claudete. Mas você já se imaginou no lugar dela? Você não ia gostar, ia?

— No começo não. Mas, se o cara que você ama gosta de outra, qual é a solução? É se acostumar, você não acha?

— Acho. Ela acaba se acostumando. Mas, antes disso, vai espernear muito, pode crer. Enquanto isso...

— Enquanto isso eu tenho de aguentar aquela cara de mártir.

Deise gargalhou de novo, desta vez mais discretamente. Doroti nem olhou para o lado delas. Disse alguma coisa, provavelmente muito engraçada, porque Selma e Gilmara começaram a rir. Claudete achou que só podia ser alguma referência pouco agradável a ela e falou baixinho um palavrão, mas Deise aconselhou:

— Vamos deixar aquelas bobocas para lá, Claudete. O negócio é não esquentar. Se a Doroti quer dar uma de chefe e as duas aceitam bancar as escravas dela, não é problema nosso.

— Ai, Deise, eu não quero que você fique mal com elas por minha causa. A última coisa que eu pretendo é criar problemas para você.

— Quer saber de uma coisa, Claudete? Eu nem ligo. Quando você estiver firme no serviço, eu vou trabalhar lá dentro, na contabilidade. Já estou com o lugar garantido. Se aquelas panacas estão a fim de me esnobar por causa de você, isso é lá com elas. Eu vou continuar na minha, ensinando o que preciso ensinar para você, e não vou nem ligar para elas. Até é bom eu ficar longe dessas malucas. Sabe a última da Selma?

— Qual foi?

— Ela entrou lá no barzinho quase às sete horas. O namorado, o Silvinho, é especialista em deixar a coitada esperando. A gente pensou até que a doida tinha esquecido que era aniversário dela. Nós fizemos o maior oba-oba quando ela chegou, mas a Selma esfriou a turma. Ficou a noite toda com os olhos enfiados na cara do namorado, como se ele fosse um deus. No ano que vem, acho que não vai ter festa para ela, não. Nunca vi uma aniversariante mais sonsa. No fim da festa, o Silvinho disse que tinha levado uma prensa dela, depois de seis anos de namoro, e anunciou que os dois vão ficar noivos.

— Que bom para ela, hem?

— Bom? Sabe para quando ele prometeu esse noivado? Para daqui a dois anos.

— Nossa! Que apressadinho, hem?

— Demais.

— E ela aceitou?

— Claro que aceitou. E ficou feliz como se daqui a dois anos fosse amanhã. Por aí você vê que eu não vou perder nada se ela continuar me virando a cara. Quem quer amizade com uma mula dessas? Ou com uma biruta que só pensa em jogadores de futebol? Ou com uma maluca que já tem duzentos namorados e fica infeliz só porque não consegue arranjar mais um?

Claudete aproveitou a referência a Douglas para perguntar:

— Você acha que o Douglas e ela nunca tiveram nada?

— Eu acho. Sinceramente. Mas isso é coisa para você perguntar direto para ele.

— Precisa ver se ele vai querer falar comigo. Eu fui estúpida com ele.

Claudete concentrou-se no trabalho, procurando esquecer Doroti e suas fiéis escudeiras. Sua única preocupação passou a ser Douglas. Às onze horas, ficou aliviada. Douglas foi recolher o dinheiro e os cheques e perguntou se ela ainda estava chateada com ele.

— Não, já passou. E você, está decepcionado comigo?

— Não. Acho que nós precisamos conversar. Posso almoçar com você?

— Se a Deise aqui me liberar ao meio-dia, como ontem...

— Por mim, tudo bem. Estou sem fome, mesmo. O que eu comi no café da manhã não está escrito.

19 *O rival de Douglas*

A possibilidade de esclarecer a situação com Douglas deixou Claudete tranquila. Embora o movimento estivesse começando a crescer, ela se pôs a imaginar como seria a conversa deles no almoço. Estava assim, um pouco distraída, quando um velhinho se aproximou com um pequeno pacote de pãezinhos e uma margarina. Deise disse a Claudete, baixinho:

— Acho que sua amiga Doroti vai ficar ainda mais furiosa com você.

— Por quê?

— Está vendo esse coroa aí na fila? Ele vem todos os dias e só passa pela caixa dela. Todos comentam, brincando, que ele quer se casar com ela. E ela fica toda vaidosa com isso. Diz sempre, como se fosse um *slogan*, que seduz todos os homens, dos cinco aos cento e cinco. Mas o pessoal acha que esse aí já passou dos cento e cinco há uns dez anos...

— É, ele está bem castigado — sussurrou Claudete, com medo de que o homem a ouvisse.

Quando chegou sua vez, o velhinho sorriu para Claudete — a boca quase sem nenhum dente — e perguntou:

— Menina, você é nova aqui, não é?

— Sou.

— E onde é que você trabalhava antes?

— Este é o meu primeiro emprego.

— Eu acho que você está perdendo tempo aqui.

— Por quê?

— Você devia estar no cinema ou na televisão.

— É gentileza sua.

— Não é, não. Eu sou velho mas não sou cego. Se eu digo que você é bonita, você pode acreditar.

— Obrigada.

— Não tem nada que agradecer. Eu trabalhei trinta anos como fotógrafo e sei o que é uma mulher feia e uma mulher bonita. Se você me encontrar abraçado com uma mulher feia, pode apartar, porque é briga.

— Eu já vi essa frase num para-choque de caminhão...

— Mas fui eu que inventei...

Quando os outros fregueses da fila viram que a compra já tinha sido registrada, começaram a reclamar:

— Ei, o que está acontecendo aí?

— Eu estou com pressa.

Um, mais grosseiro, perguntou:

— Ô, coroa, desgruda ou não desgruda?

E outro completou a grosseria:

— Para de babar, Matusalém.

Mas ele, como se tudo aquilo fosse com outra pessoa, não se apressou. Pegando a mão de Claudete, suspirou:

— Agora você é minha favorita. Antes eu passava lá na caixa da Doroti, você conhece?

— Conheço.

— Ela é uma belezinha, não é?

— É.

— Mas você é mais. E ontem a Doroti estava de mau humor e nem falou comigo. Mulher geniosa não é comigo, não. Já chega a minha falecida, que eu aturei cinquenta anos. Sabe o que ela fazia quando ficava com ciúme? Trancava a porta do quarto e me deixava dormin-

do na sala. E sabe o pior da história? Ela era a mulher mais ciumenta do mundo... Por isso, eu só me caso com você se você jurar que não é ciumenta. Tchau, minha querida. Amanhã eu trago uma rosa do meu jardim para você. Calma, calma, pessoal. Eu já estou indo embora. Ô, gente sem paciência. Tchau, minha querida. Tchau.

Quando ele finalmente foi embora, Claudete comentou com Deise:

— Que gracinha que ele é, você não acha?

Deise não perdeu a oportunidade de fazer um gracejo:

— Quando o Douglas souber disso, acho que ele não vai gostar nem um pouco.

20 *Pode pôr caretice nisso*

Na hora do almoço, Douglas surpreendeu Claudete. Saíram do Mil Ofertas, pegaram a rua de trás e, quando estavam bem na frente do restaurante onde tinham almoçado na véspera, ele passou direto.

— Ei, aonde nós vamos? — ela estranhou.

— A qualquer lugar, menos este. Se a gente almoçar aqui, depois do almoço todo mundo lá no supermercado vai saber quantas vezes você sorriu para mim, quantas vezes eu sorri para você, o que eu falei para você, o que você respondeu para mim, quanto deu a minha conta, quanto deu a sua, quem pagou a despesa, e mais isto, e mais aquilo. Nunca vi tanto fofoqueiro junto, e você?

— Não. Em um dia e meio já deu para sentir que lá não é fácil, não.

— Essa história da Doroti, por exemplo. Tem gente lá que jura que eu tive um caso com ela, que eu aproveitei enquanto quis e que depois me mandei, na maior. Eu quero que você saiba que não é verdade. Ontem eu até jurei, mas parece que você não acreditou.

— Eu só achei estranho o jeito dela, a cara que ela fez quando viu a gente no quilo e o jeito de falar com você depois, no barzinho. Parece coisa de gente que já foi íntima.

— Eu sei que parece mesmo. Mas não é. Você não reparou que a Doroti trata todo mundo como se tivesse acabado de dormir com ela? Ela é assim, o que eu posso fazer? Mas eu quero deixar tudo claro. Se a gente vai começar alguma coisa, é bom começar sem grilo. Eu não me ligo muito nessa de psicologia, mas para mim a Doroti é uma bobona, insegura, que quer compensar a insegurança conquistando todos os homens que puder. Ela andou dando em cima de mim, isso andou mesmo, mas eu saí da reta. Ela é bonita, e tudo, mas não faz o meu gênero, sabe? Ela pensa que todos são bonequinhos dela, mas eu não sou. E ela não se conforma com isso. Você pode acreditar, que é verdade. Você acredita?

Claudete fez um sinal de positivo com a cabeça, mas Douglas achou que era pouco.

— Você acredita? — insistiu.

— Acredito. Mas vamos falar de outro assunto, o que você acha?

Chegaram a uma lanchonete simpática com mesinhas na calçada, cobertas por um toldo vermelho em forma de arco.

— Acho que aqui nós vamos ficar numa boa — disse Douglas, puxando uma cadeira para ela. — Os detetives lá do supermercado devem ter perdido a nossa pista. Agora, só se eles mandarem os cães farejadores... Os sanduíches daqui são uma delícia e o dono não cobra muito caro. O lugar é novo e ele está querendo arranjar freguesia.

Pediram dois mistos-quentes e dois sucos de laranja.

— Humm, este misto está bom mesmo — comentou Claudete. — E o suco de laranja está melhor do que o do quilo.

— Muito melhor.

Estavam felizes por acabar com o mal-entendido. Pediram mais dois mistos e dois sucos.

— Seu pai pegou no seu pé?

— Pegou. E pegou firme. Só faltou ele dizer que eu sou uma vagabunda, porque eu almocei com você. E, quando ele soube que à noite a gente se encontrou de novo, pensei que ele ia ter um ataque cardíaco. Se eu não me enfiasse logo na cama, era capaz de ele me bater.

— E hoje? Você conversou com ele?

— Não. Hoje eu saí enquanto ele estava tomando banho. Fugi mesmo.

— Será que foi uma boa?

— Acho que não. Se eu quero que ele me considere adulta, não posso dar uma de criança. Mas hoje à noite eu encaro a fera, pode deixar comigo.

— Falando em hoje à noite, o que você acha de a gente sair?

— Acho legal. Eu já decidi enfrentar tudo. O que meu pai pode fazer comigo? Me expulsar de casa? Duvido. Se ele fizer isso, minha mãe acaba indo embora comigo. Ela está muito zangada com ele, também. E ele não vai querer se arriscar. Mas será que ele como subgerente, não pode começar a pegar no seu pé?

— Acho que seu pai é meio invocado, mas não ia chegar a esse ponto.

— É, acho que não. Mas vamos dar só um passeio, está bom? Eu não quero chegar tarde em casa. É que hoje é aniversário da minha mãe e eu quero ver se dou uma ajuda para ela. Ela está querendo fazer um bolo, uns salgadinhos, e ia ser chato eu chegar só na hora de comer. Eu não levo jeito, não sei fritar nem um ovo, mas posso lavar uma loucinha ou colocar a mesa. Se você prometer que eu chego em casa lá pelas sete e meia, tudo bem.

— Eu prometo. A gente sai às seis do Mil Ofertas, dá uma volta e às sete e meia, até antes, você está na sua casa.

— Está marcado, então. Acho que nós não estamos fazendo nada de errado. Quem quiser fofocar, que fofoque. E, se meu pai resolver engrossar, é problema dele. Será que ele nunca vai entender que eu sei me cuidar e não preciso dar satisfação de tudo que faço? Parece que ele vive na Idade Média...

— Será que você não está exagerando a caretice do seu pai? Ele é assim mesmo?

Claudete riu.

— Por que você achou graça? — perguntou Douglas.

— Em matéria de caretice, qualquer exagero é pouco para o meu pai. Ele é o campeão mundial, fácil fácil. Ele é capaz de chegar e perguntar a você quais são suas intenções comigo, como faziam os pais das moças no início do século...

Foi a vez de Douglas rir.

Tomaram sorvete como sobremesa, pagaram a conta e fizeram o caminho de volta quase correndo. No embalo da conversa, não haviam sentido o tempo passar e tinham só cinco minutos para chegar ao supermercado.

Entraram sem fôlego e cada um foi para o seu setor — Douglas para o escritório, Claudete para a caixa. Deise, Selma e Gilmara saíram para almoçar e só Claudete e Doroti ficaram registrando as compras dos fregueses naquela ala. Claudete na caixa 5, Doroti na caixa 1.

21 *Confusão na caixa 5*

Apesar da ausência de Deise, Claudete não estava insegura. Pela experiência do dia anterior, sabia que o movimento era fraco naquela hora e já se sentia suficientemente preparada para desempenhar o trabalho sem ajuda. Ainda não era rápida como as outras, mas isso só viria com mais algum tempo de prática.

Estava tão tranquila que, entre a passagem de uma compra e de outra, olhava para o lado de Doroti e via, com orgulho, que o fluxo de sua caixa era quase igual ao da caixa dela. Depois que se certificou de sua eficiência, parou de conferir o movimento da caixa 1, para fugir dos olhares rancorosos de Doroti. Imaginou se a mãe gostaria da bolsa que ela lhe daria de aniversário, sorriu ao pensar como estava perto o encontro com Douglas e, de repente, ficou de olhos arregalados. Na fila diante da sua caixa havia umas quinze pessoas! Como era possível aquilo, se um minuto antes eram só umas oito? Olhou para a caixa 1 e foi atingida em cheio pelo sorriso rubro e triunfal de Miss Batom. Alegando que havia um problema na registradora, ela havia encaminhado todos os fregueses para a caixa 5.

Claudete entrou em pânico. Depois de dar troco a menos para um senhor, que reclamou muito, e dar troco a mais para uma senhora, que gentilmente apontou o erro e fez a devolução, ela descobriu que não estava tão apta quanto imaginava. O que diria o pai se a visse agora, desamparada como um bebê, logo ela que já se achava tão adulta?

Na fila diante da sua caixa havia umas quinze pessoas!
Claudete entrou em pânico.

Seu desespero ia aumentando à medida que ela ouvia os comentários cada vez mais irritados da fila.

— Isto é um absurdo.

— Nunca mais eu venho fazer compras aqui.

— Nem eu. Esse pessoal pensa que a gente é o quê?

— Será que o gerente não vê uma coisa dessas?

— Só duas caixas neste canto, e uma quebrada! E ainda têm a coragem de dizer que estas são caixas rápidas!

Por mais que Claudete se esforçasse e se concentrasse para não cometer mais nenhum erro, a fila não parava de crescer. Já com vontade de largar tudo e sair correndo dali, viu com alívio a chegada de Douglas. Ele devia ter sido chamado para resolver o problema da caixa 1, mas não precisou fazer nada. Antes que ele pudesse mexer em qualquer coisa, Doroti disse que o sistema estava funcionando de novo. Claudete não teve, então, mais dúvida. Aquele sufoco, aquela aflição, aqueles calafrios, tudo tinha sido só um presente de Miss Batom.

Quando voltou e soube o que havia acontecido, Deise ficou indignada:

— Você devia fazer queixa dela.

— Aí todo mundo ia dizer que eu estou botando banca só porque o meu pai é subgerente.

— Se é por isso, você não precisa falar com ele. Por que você não procura o Luís Antônio ou não vai direto com o Vanderlei?

— Você se esqueceu de uma coisa. Como é que eu ia provar que a caixa estava funcionando e ela fingiu que não?

— É. Não ia ser fácil. Ia ser palavra contra palavra. E, do jeito que o Vanderlei é gamado pela Doroti, é melhor esquecer mesmo. Por um beijo, aquele lá é capaz de vender a alma ao diabo.

22 *O chamado da fera*

O movimento cresceu de repente e Claudete e Deise quase não tiveram mais tempo para conversar. Às três horas, Claudete viu o pai saindo do setor da gerência. Parecia preocupado. O rosto estava mais sombrio do que nunca. Passou por ela sem olhar e caminhou para a rampa que levava ao estacionamento. Olhou para trás, como se tivesse esquecido alguma coisa, parou, ficou indeciso por um instante e depois recomeçou a andar.

Claudete pensou que talvez ele estivesse indo comprar um presente para a mãe. Esperava que ele se lembrasse de que era aniversário dela. Nos dois últimos anos ele tinha esquecido, e os presentes, prometidos para depois, nunca haviam sido dados. A mãe não tinha se queixado, ela não era disso, mas Claudete imaginava sua mágoa.

Estava entretida com esses pensamentos quando Douglas se aproximou e disse que Vanderlei queria conversar com ela.

— Comigo? O que será?

No rosto de Claudete se desenhou instantaneamente toda a preocupação que sentia. Estava diante de duas hipóteses. A primeira era: Vanderlei tinha sabido da confusão na sua caixa e ia lhe dar uma bronca daquelas, talvez até mandá-la embora. A segunda era pior: confirmando sua fama e sabendo que o pai dela havia saído, o safado ia... Não, não, só de imaginar isso ela ficava com medo de desmaiar. E, se fosse para desmaiar, seria melhor fazer isso antes de entrar na salinha do gerente. Lá dentro, nunca. Seria fatal.

Para deixá-la ainda mais apavorada, Douglas aconselhou baixinho:

— Cuidado. O homem é meio... meio...

— Eu sei. Já me deram a ficha dele.

Quando ela foi se levantar da cadeira, sentiu alguma coisa grudada entre a saia e o assento. Pôs a mão ali e, com repugnância, viu que era um chiclete. Desgrudou-o com dificuldade e disse um palavrão. Talvez alguma criança tivesse posto aquilo ali, mas se ela precisasse apontar algum suspeito...

A caminho do covil da fera Claudete sentiu, pela segunda vez naquele dia, vontade de concordar com o pai e sumir. Estudaria, só, e fim. Para que dar murro em ponta de faca?

Quando a viu chegar, Vanderlei pediu que entrasse e fechasse a porta. Cautelosa, ela só a encostou.

23 *Vanderlei dá o bote*

— Pode fechar a porta — insistiu Vanderlei, mas ela não obedeceu.

— Estou vendo que andaram falando coisas a meu respeito — comentou ele, com um sorriso debochado e uma piscadela mais do que maliciosa. — Eu não sou nenhum bicho-papão, pode ficar sossegada.

O que esse povo inventa não é fácil.

— O senhor me chamou por quê? — perguntou Claudete, sem se aproximar.

Vanderlei levantou-se, passou por ela e fechou a porta. Enquanto ele voltava para a mesa, ela recuou mais uns dois passos. Ele se sentou de novo e, percebendo o recuo dela, brincou:

— Se eu quisesse falar com você pelo telefone, eu telefonava. Com essa distância, nós vamos precisar berrar para um ouvir o outro. Já imaginou o que os outros lá fora vão pensar?

— O senhor me chamou por quê? — repetiu Claudete, conservando-se longe.

— É que eu estava dando uma espiada aqui na sua ficha e fiquei com uma dúvida. Você pode me esclarecer?

Claudete deu dois passos à frente.

— Pode vir. Pode vir, que eu não mordo.

Claudete aproximou-se lentamente da mesa.

— Sente aí — Vanderlei apontou a cadeira.

Ainda desconfiada, Claudete sentou-se. Vanderlei abriu uma gaveta, tirou dela uma pasta e a abriu.

— Onde está a sua ficha? Deixe-me ver. Não é esta, não é esta, nem esta. Ah, aqui está ela.

Ergueu-se da cadeira, deu a volta à mesa, ficou ao lado de Claudete e, com a mão direita estendida, exibiu o papel a ela.

— Qual é a dúvida? — quis saber Claudete.

— É aí no telefone. É 38 ou 88 o final? Está meio apagado.

— É 88 — informou Claudete. — Está bem claro aqui. Não sei por que o senhor...

Nesse momento, sentiu a mão esquerda de Vanderlei deslizando do encosto da cadeira para tocá-la no ombro.

Imediatamente, revoltada com o contato, ela ficou em pé.

— O que foi? — perguntou ele, fingindo surpresa.

— O que foi? O senhor sabe muito bem o que foi — reagiu ela, vermelha de raiva.

— Meu Deus! Você devia estar num convento. Você está assim só porque eu...

— O senhor devia ter visto logo que eu não sou disso.

— Disso o quê? Eu não fiz nada, minha santinha. Eu quero só ser seu amigo. E, se você está preocupada com o seu pai, ele não precisa saber da nossa amizade. Fica só entre nós.

Para chegar à porta, Claudete precisaria passar por Vanderlei. Quando ela deu um passo para o lado, para contorná-lo, ele levantou as mãos abertas e pediu:

— Só mais um minutinho. Antes de você sair, eu gostaria de ter certeza de que você não está zangada.

— Eu estou. O senhor está vendo que eu estou.

— Então eu vou pedir que você me desculpe. Você me desculpa?

Ela não respondeu.

— Você me desculpa e a gente esquece isso. Está bom assim?

Ansiosa para sair, ela aceitou.

— Está bom.

— Então me aperte a mão. Numa boa.

Ela hesitou um pouco, antes de concordar. Estendeu-lhe a mão, que ele apertou, suspirando.

Aí, bateram à porta. Vanderlei voltou para a mesa e, com surpreendente presença de espírito, pediu a Claudete que abrisse a porta e visse quem era. Ela, mais do que depressa, obedeceu.

Era Douglas, com uma pergunta e alguns papéis:

— Quer ver as faturas?

Claudete sentiu a mão esquerda de Vanderlei deslizando do encosto da cadeira para tocá-la no ombro.

— Quero. Mas já são três e meia?

— Três e quinze.

— Eu pedi que você trouxesse às três e meia, lembra?

— Desculpe. Eu esqueci.

— Tudo bem. Pode pôr as faturas aqui — disse Vanderlei, abrindo espaço no meio da mesa. Depois, olhando para Claudete, agradeceu:

— Obrigado.

Enquanto Douglas entrava com a papelada, Claudete aproveitou para sair. Alguns segundos depois, foi alcançada por Douglas.

— Eu estava preocupado. Por isso levei as faturas antes da hora. Ele fez alguma coisa com você?

— Não — disse Claudete, depois de vacilar um pouco. Afinal, o que Vanderlei tinha conseguido fazer não era coisa que ela pudesse alardear como se fosse uma barbaridade. Se ela metesse a boca no mundo, por aquilo, acabariam rindo dela. Perderia o emprego e, se alguém podia achar que conhecia uma pessoa tendo convivido com ela só algumas horas, tinha certeza de que ia fazer Douglas perder o dele também. Dava para imaginar que ele não ficaria calado se soubesse o que havia se passado na salinha do gerente — mesmo que fosse só um toque no ombro, um aperto de mão e um suspiro.

— Não mesmo? Nada? — insistiu Douglas.

— Nada.

— O que ele queria?

— Estava faltando um dado na minha ficha.

Douglas balançou a cabeça, mas não disse nada. Parecia estar em dúvida, a mesma dúvida que Deise manifestou quando ela reassumiu a caixa.

— O que o chefão queria?

— Nada, não. Era só um probleminha na minha ficha.

— Não era para dar bronca por causa daquele enrosco que a Doroti aprontou?

— Não.

— Nem...? — Deise interrompeu a pergunta e olhou para Claudete com um sorriso que dizia tudo.

— Nem — respondeu Claudete.

— Será que o velho lobo está perdendo os dentes?

Até as seis, Claudete procurou não pensar mais em Vanderlei. Quem era ele para estragar a doce expectativa que ela estava sentindo ao pensar que dali a pouco ia se encontrar com Douglas?

24 *Doidinha*

Quando foi bater o ponto para sair, Claudete viu que um pouco atrás dela na fila estava Doroti, com um dos rapazes da noite anterior. Todo feliz, ele exibia uma mancha de batom no rosto e outra no colarinho. Quem o visse não duvidaria que ele seria capaz de se atirar do último andar de um edifício, se Doroti pedisse.

Ao olhar para os dois, Claudete percebeu que Doroti estava dizendo alguma coisa dela, porque imediatamente seu apaixonado acompanhante deu uma daquelas gargalhadas capazes de acordar até defunto.

Claudete bateu o ponto e, embora seu sangue estivesse fervendo, conteve o impulso de encher de tapas o palerma e sua deusa. Contando até dez pausadamente, para se acalmar, ela caminhou até a frente do supermercado e ficou ao lado de uma banca de jornal, esperando Douglas chegar.

Dois minutos se passaram e, no momento em que ela ia olhar de novo para o relógio, teve sua atenção despertada por uma moto que havia parado na frente da banca. Desviou o rosto, ao ver que o motoqueiro parecia estar querendo falar com ela, e deu alguns passos para se livrar da paquera, quando ouviu uma voz familiar:

— Claudete! Ô, Claudete!

Virou-se e, espantada, reconheceu o motoqueiro. Era Douglas.

— Por que você não me disse que andava de moto?

— Se eu dissesse, você não ia aceitar o convite para sair comigo...

— Você está querendo dizer que vai me levar para passear nisso aí?

— Falando assim, você vai magoar a Doidinha.

— Que Doidinha?

— Ela — explicou Douglas, dando umas palmadinhas carinhosas no guidom da moto. — Prepare-se. Aqui em cima você vai viver loucos momentos.

Nesse instante, Claudete notou que Doroti e o escravo que a acompanhava tinham saído do supermercado e se aproximavam. Teve então um irresistível impulso de dar o troco. Encostou a orelha no rosto de Douglas e fingiu que ele lhe dizia alguma coisa. Quando viu que os dois estavam perto, começou a rir escancaradamente e a olhar para eles. A expressão de raiva de Miss Batom e de seu lacaio lhe deu a certeza de que a vingança tinha sido consumada, com as mesmas armas. Em seguida, sem que Douglas precisasse pedir, ajeitou-se atrás dele na moto, abraçou sua cintura e, exultante, ordenou:

— Acelera, comandante. Os loucos momentos nos esperam!

Ele obedeceu e, contagiado pelas gargalhadas dela, riu até chegar ao farol. Lá, tirou o capacete e o colocou na cabeça de Claudete. Quando a luz verde apareceu, ele arrancou de novo. Para Claudete, que pela primeira vez andava de moto, era incrível a sensação causada pelo vento, pelo barulho e pela trepidação.

Pararam na lanchonete com mesinhas fora em que haviam almoçado. Assim que se sentaram, Douglas perguntou:

— Aquelas risadas eram para a Doroti e o Bebeto?

— Ah, é Bebeto o nome daquele cretino, é? Eu fiz aquilo porque ela começou a rir de mim, na hora em que eu fui bater o ponto, e aquele imbecil aplaudiu.

— Ah, foi? Então você deu a resposta em cima.

— Dei mesmo. E não me arrependo nem um pouco.

— Você fez bem. Quer comer alguma coisa?

— Não. A esta hora minha mãe deve estar preparando um superjantar. Se meu pai não fosse careta como é, você podia até ir comer lá em casa.

— O que você vai beber?

— O suco de laranja daqui é ótimo. Eu vou querer um.

Douglas pediu dois.

— Qual é mesmo o nome dela? — perguntou Claudete, apontando a moto.

— Doidinha.

— Ah, é! Por quê? Ela corre muito?

— Corre, mas só quando tem vontade. E quase nunca ela tem vontade. Eu preciso dar uma regulada nela. Acho que ela está com um parafuso a menos.

— Hoje ela está com vontade, não está?

— Já vi que você não entende nada de moto. Hoje ela está mais lerda do que nunca.

— Lerda? Eu achei que ela estava correndo tanto!

— Se a gente viesse a pé, chegava antes. Quer mais um suco?

25 *Nova onda de roubos*

Douglas pediu mais dois sucos de laranja, baixou bem a voz e perguntou:

— Sabe o que eu ouvi antes de sair?

— O que foi?

— Parece que sumiram mais coisas de lá.

— Tomara que peguem logo esse ladrão.

— É. Se não, fica todo mundo sob suspeita. Isso é muito chato. Depois que essa onda de roubos começou, eu não trabalho mais tranquilo. Acho que estão sempre me espionando...

— Desde quando isso está acontecendo?

— Há uns dez dias, por aí.

— E por que o Vanderlei não chamou a polícia?

— Parece que ele queria ter certeza de que estão roubando mesmo.

— E agora, ele tem?

— Parece que sim. Dizem que dois policiais já estiveram hoje por lá, na surdina, investigando.

— E o que é que andam roubando, afinal?

— Pelos comentários que eu ouvi, só mercadorias. Mas vai lá saber. Quem rouba feijão pode também levar dinheiro ou desviar cheques, não é? Mas que tal falar de outra coisa?

— Eu topo. Chega daquele supermercado. Eu já estou até aqui, ó, com ele. O pior é que daqui a pouco, lá em casa, sabe de que assunto meu pai vai falar?

— Sabe que em casa também? É só o supermercado,

o supermercado, o supermercado. Assim que eu chego, começa o interrogatório. Minha mãe quer saber tudo o que aconteceu no dia. Pergunta sobre as ofertas, o preço do arroz, se as maçãs estão graúdas, um monte de coisas. Quando eu digo que não adianta saber isso tudo, porque ela faz as compras em outro supermercado, ela fica nervosa comigo.

— Vocês moram longe daqui?

— Moramos. Lá no Jardim Independência, sabe onde é?

— Sei. Uma tia minha morou lá algum tempo. Não é tão longe assim.

— Não. De manhã, mesmo com aquele trânsito empacado, em meia hora eu estou no Mil Ofertas. À noite, eu chego em casa em vinte minutos. Isso quando a Doidinha está disposta. Quando ela está com preguiça, a coisa complica. Lá perto de casa nós temos dois supermercados muito bons, bem melhores do que o Mil Ofertas e com preços bem mais baixos. Mas a minha mãe, sabe como é, sempre quer fazer comparações. Acho que toda mulher é assim.

— É mesmo. Você reparou numa coisa?

— No quê?

— Nós dissemos que íamos parar de falar do bendito supermercado e continuamos a falar dele...

— É verdade. Que praga! Vamos mudar de assunto mesmo!

— Vamos. Mas, olhe, são vinte e cinco para as sete. Eu estou querendo chegar em casa lá pelas sete e meia, lembra?

— Onde você mora?

— Na Vila Silva. Você conhece?

— Conheço. Do lado de cá ou do lado de lá da Tavares Filho?

— Do lado de cá. Um pouco depois do posto de gasolina.

— Eu sei onde é. Perto daquele restaurante que faz frango atropelado, não é?

— É.

— Que nome gozado, hem?

— É. A primeira vez que eu ouvi, achei muito estranho. Mas é um nome perfeito, você não acha?

— Acho.

— Depois que prensam o frango na grelha, ele fica parecendo atropelado mesmo. Outro dia, eu vi uma mulher que olhou para um e disse: coitadinho.

Douglas riu.

— Mas como é que nós fomos parar nessa história de frango atropelado? Que papo mais doido! A gente nunca sabe aonde uma conversa vai levar a gente.

Claudete olhou de novo para o relógio.

— Pode ficar sossegada — garantiu Douglas. — Saindo daqui lá pelas sete e quinze ou sete e vinte, a gente chega lá às sete e meia sem susto e sem atropelar frango.

26 *Os frangos atropelados*

Uma chuva fraca, soprada por um vento morno, começou a cair quando Claudete e Douglas saíram da lanchonete. No caminho, a chuva foi engrossando aos poucos e o vento se tornou frio. Claudete se aconchegou mais a Douglas, encostando o capacete nas suas costas. Era gostoso estar assim. Sentia-se segura com ele, embora sempre tivesse achado perigoso andar de moto.

Imaginou o que o pai diria se a visse daquele jeito, abraçada a um homem que tinha conhecido um dia antes, e imediatamente se esforçou para expulsar aquele pensamento. A severidade do pai havia sido um estorvo para a felicidade dela, desde a infância. Podia brincar com meninas, mas se um menino se aproximava ela logo era obrigada a entrar em casa.

A mãe, liberal, era constantemente censurada pelo pai por permitir a Claudete as pequenas alegrias que ele lhe negava. Quando, já adolescente, ela disse à mãe que não aguentava mais aquilo, dona Bete lhe deu razão, mas justificou a atitude do pai por ela ser filha única e ele, superprotetor.

Esse excesso de proteção, que vinha sufocando Claudete desde pequena, era o sentimento que agora ela procurava afastar, para melhor usufruir aqueles loucos momentos, aquela doce intimidade com Douglas, suspensos os dois, como se em vez de deslizar pelas ruas em cima da Doidinha estivessem flutuando no céu e em vez de desviar das poças estivessem driblando estrelas, conduzidos pelo tapete mágico que ela havia visto num filme, muito tempo atrás.

Para ter certeza de que estava mesmo vivendo aquele instante, e não sonhando, afrouxou o abraço e o apertou de novo, uma, duas, três vezes, e mesmo assim parecia que aquilo não estava acontecendo!

Sempre que precisava parar num farol, Douglas virava-se para ela com ar de surpresa, como se também ele não acreditasse no que estava acontecendo.

Numa das paradas, ela perguntou:

— Você gosta de cinema?

— Demais.

— Eu também. No meu quarto, tenho uma porção de fotos. Eu não costumo ficar comparando as pessoas com os artistas, mas...

— Já sei. Você vai dizer que eu sou o maior galã...

Percebendo o jeito brincalhão dele, Claudete respondeu no mesmo tom:

— Não. Você está mais para canastrão de novela mexicana.

Os dois caíram na gargalhada. Quando passaram pelo restaurante do frango atropelado, Douglas exclamou:

— Caramba, como isso aí mudou! Está maior agora, não está?

— Está, sim. Fizeram uma reforma. Antes, ali ao lado era uma loja de sapatos. O dono do restaurante comprou a loja e fez uma ampliação.

— Puxa! Como está rendendo esse negócio de frango atropelado, hem? Acho que eu vou pedir as contas lá no supermercado e abrir um restaurante desses.

— Se você precisar de uma sócia, é só falar comigo. Afinal, eu já tenho dois dias de salário para receber no Mil Ofertas... Aí você atropela os frangos e eu ponho os bichos na grelha...

27 Um gosto bom de chuva

Depois que passaram pelo posto de gasolina, Claudete pediu a ele que entrasse na primeira rua à direita.

— É nesta que você mora?

— É.

— Como é o nome dela?

— Sousa Araújo.

— Esta, então, é que é a famosa Sousa Araújo?

— Que eu saiba, ela nunca foi famosa.

— Pode não ter sido, mas agora é. Pelo menos para mim, é a mais importante rua da cidade.

— Ah, é? E por quê? Posso saber? — perguntou Claudete, adivinhando a resposta e já se envaidecendo com ela.

— Porque é na Sousa Araújo que você mora.

Tinham parado na esquina, cem metros depois da casa de Claudete, que não queria chamar a atenção dos vizinhos.

A chuva caía mais forte agora, e Claudete e Douglas estavam encharcados. Ela desceu da Doidinha e devolveu o capacete a Douglas, que o apoiou no guidom. Depois ele estacionou a moto e também desceu. Pegou a mão de Claudete entre as dele e disse:

— Prometi que você ia estar na sua casa às sete e meia e já são dez para as oito. Desculpe.

— Tudo bem. Ainda tenho um tempinho para ajudar a minha mãe em alguma coisa.

— Você tem ainda um minutinho, antes de entrar?

— Tenho.

— Ah, que bom. Porque eu preciso fazer uma coisa.

— O que é? — perguntou ela, de novo pressentindo o que aconteceria em seguida e torcendo para que não deixasse de acontecer.

— Eu vou tirar esse cisco do seu rosto — disse ele, um segundo antes de pôr a mão no queixo de Claudete e, beijando seus ansiosos lábios, confirmar o pressentimento dela.

Claudete não sentiu o mundo girar, nem ouviu o toque de mil sinos — emoções transmitidas pelas heroínas de tantos romances que havia lido —, mas soube, enquanto fechava os olhos para que nada ao redor dela pudesse distrair sua atenção, que aquela sensação jamais se repetiria. Daria outros beijos em sua vida, mas nenhum a faria esquecer aquele. Procurou definir que sabor era aquele que ela nunca havia provado, mas o tumulto crescente do seu coração não lhe permitiu distinguir nenhum gosto senão o da chuva, que ela bebia na boca de Douglas. Quando os lábios dos dois se soltaram, ela abriu os olhos e se perguntou se depois daquilo o mundo lhe pareceria o mesmo.

— Amanhã a gente se vê — disse ele. — Tchau.

— Tchau — sussurrou ela, pensando se aquele suave atordoamento que sentia não era o mundo girando. E aquele zunido, ainda leve, não seria por acaso o som dos mil sinos começando a tocar?

Entrou em casa sorrindo.

*Claudete sabia que daria outros beijos em sua vida,
mas nenhum a faria esquecer aquele.*

28 Ah, mãe, como eu sou feliz

Dona Bete saiu da cozinha e foi correndo buscar uma toalha no armário. Começou a enxugar os cabelos e o rosto de Claudete.

— Acho bom você trocar já já de roupa, para não pegar uma gripe daquelas. Sabe que eu já estava ficando preocupada? Por que você está chegando tão tarde? Algum problema lá?

— A Miss Batom me torrou a paciência, mas eu dei o troco.

— E o Douglas? Tudo bem com ele?

— Você não está vendo pela minha cara?

— Estou vendo, sim, desde que você entrou. Parece que você ganhou na loteria, Clau... Ele é tão agradável assim?

— Demais. Você precisa conhecer o Douglas, mãe.

— Puxa, você devia se olhar no espelho quando diz o nome dele. Você enche a boca. Dá gosto ver.

— Ô, mãe, será que você não está vendo demais, não?

— Vá pôr uma roupa seca, vá. Depois a gente conversa.

— Está bom. Eu volto logo.

O jeito de Claudete subir os degraus do sobradinho, de dois em dois, como se fosse uma garotinha, confirmou a impressão de dona Bete: a filha estava apaixonada.

Dali a cinco minutos, ainda saltitante, ela estava na cozinha, olhando para o fogão com interesse.

— Humm, que cheirinho bom. É dos salgadinhos?

— É, eu acabei de fazer.

— Eu estou com uma fome!

— Já sei, já sei. Você quer dar uma beliscadinha antes de seu pai chegar, não é?

— Mãe, como é que você adivinhou?

Rindo, dona Bete colocou num prato algumas empadinhas, pasteizinhos e coxinhas. Dali a um minuto, olhou para a mesa, espantada. Enquanto abria a geladeira e pegava um refrigerante, Claudete havia esvaziado o prato.

— Nossa, Clau. Já?

— Eu tenho culpa, mãe, se você faz umas coisas tão gostosas?

— Minha mãe sempre me dizia que não existe nada como o amor para abrir o apetite de alguém...

— Ah, mãe, não vai começar, vai? O que dá fome é o trabalho. Você esqueceu que eu agora faço parte da classe trabalhadora do Brasil?

— Está bom, Clau, está bom. Deus está vendo...

Dona Bete pegou mais uns salgadinhos para a filha. Estava encantada com a alegria dela. Lembrou-se do dia, sete ou oito anos atrás, em que Claudete havia ganho a bicicleta. A expressão do seu rosto, reproduzida numa das melhores fotos do álbum de família, era a mesma que ela exibia agora.

— Mãe, no que eu posso ajudar?

— Em nada, filha. Já adiantei tudo.

— Quer que eu lave essa louça?

— Nem precisa. É tão pouca. Mas, se você faz questão...

Claudete começou a lavar um prato com um vigor que a mãe nunca tinha visto. Esfregou a esponja com vontade, pôs o prato embaixo da torneira, voltou a passar a esponja, enxaguou com capricho e só aí pegou outro prato. Pela primeira vez na vida parecia estar fazendo aquilo com gosto. Não bastasse isso, para espanto ainda maior de dona Bete, ela começou a assobiar...

— Jesus! — exclamou a mãe. — Esse Douglas só pode ser um mágico!

— Por que você acha isso?

— Quem consegue fazer uma moça como você, que odeia lavar louça, lavar a louça assobiando só pode ser formidável.

— Também não é assim, mãe. Formidável? De qual baú você tirou essa palavra?

— Não adianta querer desconversar. Sou capaz de apostar que, se eu pusesse agora um par de patins na sua frente, você ia sair patinando.

— Ah, mãe, essa não. Você agora já está exagerando.

— Douglas parece que lhe dá poderes mágicos. Estou vendo que você vai sair patinando, voando, o que você quiser.

— Até aprender inglês?

— Até aprender inglês. Por que não?

Claudete riu, mas a verdade é que se sentia mesmo como a mãe tinha dito: poderosa, livre, autossuficiente. E feliz, muito feliz.

— Sabe que essa ia ser uma boa?

— O quê?

— Aprender inglês. Eu tenho uma vergonha de não saber... A partir de amanhã, vou ver se arranjo um lugar mais barateiro para almoçar, ou então vou levar alguma coisinha daqui mesmo. Assim, no fim do mês é capaz de sobrar um dinheiro para eu fazer um curso de inglês.

— Mas fazer o curso em qual horário? Suas aulas na escola já já vão começar.

— Ah, sei lá, mãe. Isso é o de menos. Das onze à meia-noite, das sete às oito da manhã, de madrugada.

— Hoje você está mesmo impossível, hem, criatura? Você acha, então, que vai haver algum professor para dar aula nesses horários de doido?

— Quando souberem que as aulas são para mim, vai ficar assim de professor se oferecendo, ó — mostrou Claudete, mexendo os dedos.

Dona Bete caiu na gargalhada. A autoconfiança nunca havia sido o forte da filha.

— Ah, é? Precisa ver se o Douglas deixa essa professorada toda se aproximar.

Claudete não resistiu à piada. Começou a rir também, sacudindo todo o corpo. As duas se abraçaram e ensaiaram uns passos de dança.

Quando pararam de rodopiar, dona Bete, sem fôlego, sentou-se.

— Minha filha, assim você me mata. Ai, que falta de ar. Na última vez em que eu dancei, farmácia ainda se escrevia com *ph*.

Nova onda de riso chacoalhou as duas. Debruçando-se sobre a mãe, Claudete a beijou.

— Eu estou tão feliz, mamãe! Tão feliz!

— Eu também, Clau. Por você.

29 Duas intrépidas rebeldes

Dona Bete levantou-se da cadeira e, para disfarçar a emoção, bateu palmas e pediu:

— Bom, agora me deixe trabalhar um pouco. Se não, logo logo seu pai chega e o jantar não está pronto.

— Ué, mãe, você não acabou de dizer que tinha adiantado tudo?

— E é verdade, minha filha. Mas sempre fica faltando alguma coisa. Por exemplo...

— Por exemplo?

— Eu ainda preciso preparar a calda do sorvete.

— Humm, mãe. Sorvete? Do quê?

— Adivinhe.

— De flocos. Acertei?

— Acertou, Clau. Você gosta, não é?

— Você sabe que é o meu predileto, mãe. Mas o aniversário é seu, não meu. O seu preferido é o de morango.

— Quem disse?

— Você. Todo mundo sabe disso.

— Clau, tenha dó. Você agora quer saber mais do que eu sobre minhas preferências? Eu sempre gostei mais do de flocos. E fim de papo.

— Depois dos salgadinhos, o que vai ter?

— Lasanha e salada.

— Você não fez sopa de ervilha?

— Não.

— Por quê?

— Porque hoje é o meu aniversário. Não é o aniversário do seu pai.

Dona Bete acabou de preparar a calda e ainda teve tempo de trocar a toalha da mesa da cozinha, que estava suja de óleo.

— Você não acha que hoje a gente devia comer lá na sala?

— Acho que não. Hoje é um dia como outro qualquer.

— Mãe, deixe de ser chata.

— Eu não estou sendo chata.

— Está, sim.

— Você acha mesmo que...?

— Acho.

— Eu não sei. Seu pai ia achar estranho. A gente nunca come lá...

— O problema não é nosso. Se ele não gostar, o que a gente pode fazer? Ele não gosta mesmo de nada. Ah, deixa, vai. Deixa.

Claudete acabou ganhando. Unidas em mais uma rebeldia, concentraram-se na arrumação da mesa da sala como se nunca tivessem tido tarefa mais importante para fazer. Depois sentaram-se no sofá e esperaram a chegada do chefe da casa, sem o antigo medo que sentiam dele.

30 *Todos são suspeitos*

Dona Bete e Claudete estranharam seu Júlio, quando ele chegou. Estava abatido, mas seu famoso mau humor parecia ter tirado folga. Abriu a porta e, ao ver a mesa do jantar preparada na sala, não teve a reação que elas temiam. Não perguntou que palhaçada era aquela, não fez cara feia, não reclamou de nada.

Beijou a aniversariante e — surpresa das surpresas! — estendeu-lhe um pacotão caprichosamente embrulhado. Pelo tamanho e pelo esforço que ele fazia para segurá-lo, dona Bete e Claudete ficaram ainda mais curiosas para saber o que era.

— Cuidado — advertiu ele —, é pesado.

— Nossa. O que é isto? — perguntou dona Bete, apoiando o pacote na mesa.

— Aposto que são barras de ouro — brincou Claudete.

As duas começaram a abrir cuidadosamente o pacote, talvez pensando em reaproveitar ou guardar como lembrança o fino papel cor-de-rosa, mas a ansiedade de conhecer o que havia embaixo dele acabou prevalecendo. Desistiram de preservar o papel e o inutilizaram logo, depois do primeiro rasgo acidental feito por Claudete.

— Mãe, eu não acredito.

— O que é isso?

— Mãe, você não está vendo? É uma televisão!

— Nossa! É mesmo. Mas que exagero, Júlio. Para que isso? Nós já temos televisão...

— Você e a Clau não se queixam sempre de que no domingo só eu vejo a tevê?

— E não é verdade, pai? Você fica vendo um jogo atrás do outro...

Claudete acabou de dizer isso e, instintivamente, ficou à espera do contra-ataque do pai. Mas ele não veio. Em vez dos berros que ela receava ouvir, uma voz resignada disse:

— É verdade. Foi por isso que eu trouxe essa aí.

Dona Bete não sabia o que dizer. Olhava para o marido como se nele, de repente, estivesse vendo outro homem — um estranho que, do seu Júlio, tinha só a roupa. Depois de hesitar um pouco, ela perguntou:

— Mas você precisava trazer uma deste tamanho? Deve ter custado uma fortuna! Eu não entendo. A gente vive discutindo um jeito de diminuir gastos e você de repente enlouquece e me dá um presente como este?

— Você está esquecendo que nos seus dois últimos aniversários eu não dei nada?

Mãe e filha se entreolharam, desnorteadas. Acabavam de descobrir que o tirano tinha memória e podia até se lembrar de coisas sem importância, como aniversários, recentes e antigos. Emocionada, dona Bete puxou a filha para um canto e murmurou:

— Ah, como eu me arrependo de não ter feito a sopa de ervilha!

Dona Bete recebeu também com muita alegria a bolsa comprada por Claudete.

— Menina, para que você foi gastar tanto dinheiro?

— Mãe, foi com o seu dinheiro que eu comprei... Quando eu receber o pagamento, eu devolvo.

Para não verem suas lágrimas, dona Bete foi para a cozinha. Seu Júlio lavou as mãos e sentou-se para jantar.

Além do abatimento, seu rosto mostrava agora preocupação. Dona Bete achava que ele ia começar a falar dos contratempos do trabalho, como fazia todas as noites, mas ele não abriu a boca. Também não perguntou se afinal se comia ou não se comia naquela casa. Pegou uns salgadinhos e se pôs a mastigá-los sem vontade.

— As empadinhas não estão boas? — perguntou dona Bete, com seu brio de cozinheira já um pouco ofendido.

— Estão, sim — ele respondeu, distraído.

— Não parece.

— Por quê?

— Pela sua cara. Parece que você está comendo vidro.

— Desculpe. As empadinhas estão gostosas, e as coxinhas também.

Ele pedir desculpas era outra novidade, uma vitória até. Mas dona Bete queria uma retratação completa.

— E os pasteizinhos?

— Estão muito bons. Eu é que não estou.

— É, eu já vi. Sua cara não está nada boa. O que foi?

— Coisas do supermercado.

— Que coisas? As de sempre?

— É. E outras.

— Outras como?

— Nos últimos dias surgiu uma boataria.

— É sobre os roubos? — intrometeu-se na conversa Claudete.

— Até você, que tem só dois dias lá, também já ouviu?

— Aquilo ali é mesmo um antro de fofocas, pai. Você tem razão.

— Sempre foi. Mas agora a coisa está ficando insuportável. Todo dia falam de roubos, de sumiço de mercadorias. Eu já conversei com o Vanderlei, para ver se ele quer ajuda para montar um esquema, mas ele diz sempre que não precisa.

— Eu ouvi dizer que hoje a polícia esteve lá.

— Eu também. Só que eu não vi ninguém. Vocês não acham que eu, como subgerente, devia ficar sabendo de tudo?

— Eu acho — concordaram ao mesmo tempo Claudete e dona Bete.

— Então. Só que eu fico sabendo das coisas como os outros funcionários. Na base do diz que diz que. E o pior de tudo é que, até pegarem o ladrão, se é que existe ladrão, todo mundo é suspeito. Até eu. Maldita a hora em que eu fui trabalhar no Mil Ofertas!

Aos poucos, seu Júlio foi se acalmando e até comeu a salada e a lasanha com apetite. Chegou a reclamar do tempero da salada e Claudete, com medo de que ele tivesse voltado ao normal, imaginou que logo ele iria começar a falar dela e de Douglas. Mas ele não tocou no assunto. Parecia preocupado mesmo com a situação no supermercado.

Claudete dormiu mal e teve um pesadelo. Nele, o pai era acusado de ser o ladrão do Mil Ofertas.

De manhã, ela foi procurar a nota de compra da tevê. Devia ter custado um dinheirão. Virou e revirou a caixa, mas não a encontrou. Saiu antes do pai para o trabalho. No ônibus, inquietou-se ao lembrar que o pai tinha dito alguma coisa sobre comprar um carro logo. Depois, censurou-se por desconfiar dele. Seu pai podia ser tudo, menos ladrão. Entrou no supermercado com um rosto que não era o seu.

31 *Japinha boa de bola*

Deise olhou para Claudete como se a estivesse vendo pela primeira vez.

— Nossa! Que cara, hem? O que aconteceu?

— Nada.

— Como nada? Você está até com olheiras. O encontro não foi legal?

Nesse instante, Douglas apareceu sorridente, cumprimentou as duas e mandou com a mão um beijinho para Claudete.

— Depois a gente se vê.

— Está bom — disse ela, também sorridente.

Deise, então, brincou:

— Já descobri o motivo das olheiras. É paixão. Ai, que delícia.

Claudete balançou a cabeça.

— Não tem jeito mesmo, Deise. Você é uma gozadora.

— Eu acho o seguinte: rir é o melhor remédio. Minha mãe sempre diz que tristezas não pagam dívidas. Sabe a última da Japinha?

— Não. O que foi?

— Eu já disse que ela é louca por jogadores de futebol, não disse?

— Já.

— Ela andou saindo com um que ia jogar no Guarani ou no Sul. Estava apaixonadíssima. Ele disse que ia levar a Japinha com ele.

— E aí?

— Ele acertou contrato, mas com um time do Ceará.

— E agora?

— Agora ela descobriu que não está mais apaixonada por ele. Diz que começou a namorar outro.

— Outro jogador?

— É. Esse parece que é da Portuguesa.

— De onde veio essa gamação dela por futebol?

— Ela diz que está no sangue. O pai dela foi jogador lá no Nordeste. E ela, sabe o que ela quer ser?

— Jogadora de futebol?

— Isso aí. Parece que ela vai fazer teste num time. Lá na terra dela, ela jogava de pé descalço na rua, com os moleques.

— Se ela joga bem, ela está feita. O futebol feminino agora virou moda, não é?

— É, mas será que dura?

32 *Uma rosa no asfalto*

O movimento ainda não tinha começado a aumentar e Claudete e Deise podiam conversar quase sem interrupções. Estavam fofocando animadamente quando, diante delas, surgiu Doroti. Ela deu um oi a Deise, nem olhou para Claudete e disparou:

— Você sabe, Deisinha, o que estão comentando? Que uma fulana anda desfilando com um carinha por aí, fazendo pose de grande apaixonada, mas quando o bobão vira as costas ela vai correndo para certa sala, sentar no colo do chefe.

— Olha, você é mesmo uma p...

Assim que acabou de dizer o palavrão com todas as letras, Claudete se censurou: aquela explosão seria encarada por Miss Batom, e por todos os que tomassem conhecimento dela, como a atitude de quem acaba vestindo a carapuça. Mas no mesmo instante ela mandou para o inferno a carapuça e sentiu que havia feito o certo. Se tinha tido coragem de enfrentar o pai para mostrar que não era uma garotinha sem personalidade, não ia admitir que uma boboca qualquer, como Doroti, tentasse pisar nela.

Doroti não respondeu nem perdeu o estilo. Voltou rebolando para a sua caixa. Deise virou-se para Claudete e disse:

— Menina, eu acho que você está com o capeta.

Claudete aproveitou para prometer:

— E hoje vai ter mais. Não vou deixar ninguém perder o respeito comigo.

Deise ia perguntar o que mais ela pretendia fazer, quando do lado de fora veio o ruído de uma freada e, em seguida, um som de batida, logo acompanhado pelos gritos desesperados de uma mulher.

— Essa esquina não tem jeito — disse Deise. — Quase todo dia alguém passa o farol vermelho e... Faz uma semana, um ônibus jogou um carro naquele poste ali, quase na frente do barzinho. O motorista do carro saiu muito ferido, mas todo mundo achou que podia ser bem pior. Se o carro não tivesse batido no poste, ia ser uma tragédia. Naquela hora, o barzinho estava cheio. Imaginou?

Nesse instante, uma freguesa entrou agitada, gritando:

— Meu Deus, que horror! Vocês ouviram? Um senhor foi atropelado aí no farol. Chamaram o resgate, mas será que ele vem logo? Eu não vou conseguir almoçar hoje, tenho certeza. Como é que alguém pode comer depois de ver uma coisa dessas?

Algumas pessoas que ainda não tinham comprado nada saíram, quase correndo. Outras encostaram o carrinho e também saíram. Contagiada pela mesma curiosidade, Deise perguntou a Claudete se ela aguentaria sozinha a caixa por um minuto e, antes de ouvir a resposta, começou a correr.

Quando voltou, estava pálida.

— Você não vai acreditar, Clau. Eu... nem sei... como...

— Calma, Deise. O que foi? O homem morreu?

— Não. Mas a pancada parece que foi feia. A mão dele ficou embaixo da roda. Ainda bem que o resgate já veio.

— Coitado.

— Você... sabe... sabe...? — Os soluços impediam Deise de concluir a frase. — Você sabe... quem foi?

Claudete sentiu um aperto no coração. Pensando no pai, ela sacudiu Deise.

— Quem foi? Quem foi?

— Foi... foi... aquele... velhinho legal. Aquele... que... que... ontem prometeu... trazer... uma... uma rosa... para você.

Claudete sentiu o estômago embrulhado. Precisou fazer um esforço muito grande para não vomitar. Mas não conseguiu segurar as lágrimas. Deise continuou:

— Você... sabe... como eu... vi que... era ele?

— Não. Como... como foi?

— Perto de... dele... estava uma... uma... rosa, toda despetalada.

33 *Isto aqui é um mundo*

Claudete esforçou-se para esquecer o atropelamento do seu admirador, mas a todo instante reconstituía na imaginação a cena contada por Deise. Começou a rezar mentalmente para que ele não tivesse sofrido nenhum ferimento grave e se recuperasse logo.

Notando sua preocupação, Deise se desculpou:

— Eu não devia ter dito nada.

— Eu ia ficar sabendo, mais cedo ou mais tarde. Você viu só a Doroti?

— O que é que tem?

— Continua rindo e brincando, como se nunca tivesse visto o pobre infeliz. Que insensibilidade!

— O que você quer? Ela nunca se preocupou com ninguém. Por que ia mudar agora?

Um pouco mais ocupada, porque o movimento estava crescendo, Claudete conseguiu ficar alguns minutos sem pensar no velhinho. E, quando o seu rosto começou a mostrar que o caso voltava ao seu pensamento, Deise percebeu e procurou distraí-la:

— Ih, aquela maluca do licor vai fazer demonstração hoje.

— Maluca do licor?

— É. Aquela ali, toda perua — explicou Deise, apontando uma loira rechonchuda que estava montando uma banquinha perto das prateleiras de bebidas.

— Por que você disse que ela é maluca?

— Porque ela oferece drinques aos fregueses e acaba

tomando alguns também. Lá pelas tantas, o álcool sobe e ela fica imaginando que é uma mulher fatal ou qualquer coisa assim. Aí, ela olha para os homens como se fosse devorar um por um. Quando o cara está sozinho, tudo bem. Mas, se ele está acompanhado, a situação se complica. Na semana passada, uma mulher brigou com o marido e ameaçou quebrar uma garrafa de licor na cabeça da maluca.

Claudete sorriu. Era impossível deixar de achar engraçadas as histórias de Deise.

— Você não inventou isso, não?

— Eu inventar? Para quê? O que aparece de figurinha difícil aqui é um absurdo. Sabe a garota do café?

— Aquela moreninha?

— É. Aquela. Sabe o que ela vive dizendo aos fregueses?

— O que é?

— Que ela não toma café nunca, porque dá a maior azia.

Claudete sorriu.

— Cada história você tem para contar!

— Se eu fosse escritora, ia fazer um livro sobre os casos que eu já vi aqui dentro. Um supermercado é um mundo em miniatura. Todos os tipos humanos passam por estes corredores, pode crer. Os professores de psicologia deviam mandar os alunos fazer estágio em supermercados. Aqui você encontra o nervosinho, o malandro, o mal-educado, o bonzinho, o metido a galã, a avarenta que briga por um centavo de troco, a falsa rica, a chata, a...

— A exibicionista, a presunçosa, a grosseira — completou Claudete, sarcástica, apontando com os olhos Doroti.

Deise balançou a cabeça afirmativamente.

— É ou não é um mundo, isto aqui?

34 Claudete toma uma decisão

Claudete, ainda chocada com o atropelamento do velhinho, não quis ir almoçar. Douglas, dizendo que estava ficando com uma barriguinha ridícula, não foi também. Os dois usaram o horário de almoço para dar uma volta pelos arredores do Mil Ofertas. Ele perguntou como tinha sido o aniversário de dona Bete.

— Foi bom. O melhor destes últimos anos. Até meu pai deu um tempo no mau humor e não encheu a paciência. E a lasanha estava ótima! Você gosta de lasanha?

— Mais ou menos.

— A que minha mãe fez ontem você ia adorar. Estava uma delícia. E os salgadinhos, então, humm...

— Mas isso que você está fazendo é covardia.

— Não entendi.

— Eu aqui querendo não pensar em comida e você me vem com esse festival de gostosuras...

— Desculpe. Eu nem devia estar falando de comida depois do que aconteceu. Que coisa horrível!

— Você está até abatida.

— Não foi só pelo velhinho. Esta noite eu tive um pesadelo. E também ando preocupada com o meu pai. Ele está esquisito. Acho que é esse festival de boatos no supermercado.

— Todo o pessoal anda assim. O ambiente não está nada bom. Todo mundo desconfia de todo mundo. Fica difícil trabalhar assim.

— E, fora isso, tem umas pessoas muito ignorantes lá. Você soube do meu caso hoje com aquela idiota da Doroti?

— Não. O que foi?

— Ela foi até a minha caixa para me ofender. Disse que ando metida lá na sala do Vanderlei.

— Que baixaria!

— Mas eu soltei a cachorrada atrás da cretina. Eu estou no limite. Se ela vier me perturbar de novo, eu arranco os cabelos dela.

— Calma, Clau. Ela não merece que você fique perdendo o seu tempo com ela. Espere um pouco. O que você tem aí no olho? Parece um bichinho. Deixe ver.

Claudete parou e ele, como na véspera, aproximou-se do rosto dela e a beijou. Dessa vez, ela não esperava. A surpresa logo a fez perder o fôlego e depois do beijo chegou a se sentir tonta.

— Por que você fez isso?

— Você não gostou?

— A questão não é essa. É que aqui, no meio da rua...

— O que é que tem? Ninguém viu. E, se viu, qual é o drama?

Claudete sorriu.

— Se você continuar assim, vou lhe dar um apelido.

— Ah, é? E qual será, posso saber?

— Fácil. Mister Batom. Cai ou não cai bem?

A brincadeira garantiu boas gargalhadas por uns cem metros. Depois, Claudete ficou séria de novo.

— Ontem você perguntou se tinha acontecido alguma coisa comigo lá na sala do Vanderlei.

— E aconteceu? — perguntou Douglas, preocupado. — Você disse que não.

— E é verdade — disse ela. — Mas podia ter acontecido, se você não aparecesse.

Douglas deu um soco na mão. Seu rosto estava transtornado.

— Ah, aquele cafajeste! Eu...

— Não esquente a cabeça. O importante é que não aconteceu nada. Ele só ficou na tentativa.

— Mas ele pode tentar de novo.

— Eu acho até que ele vai tentar mesmo, se eu não fizer o que estou pensando.

— O que é?

— Antes que ele me chame de novo, eu vou tomar a iniciativa e vou lá dizer que, se ele me importunar outra vez, eu perco o emprego mas faço um escândalo que vai sacudir o Mil Ofertas.

— Você podia contar para o seu pai.

— Não. Eu quero deixar o meu pai fora disso. Eu já tenho idade para resolver os meus problemas sozinha.

— Então você está decidida mesmo a ir lá?

— Estou. E vou agora. Se ele der um passo na minha direção, eu armo o maior berreiro da história do supermercado. Eu preciso trabalhar, mas, se não der pé aqui, procuro outro emprego. Não posso é deixar que as pessoas pisem em mim.

Douglas ainda tentou convencê-la a desistir da ideia. Quando viu que isso era impossível, disse:

— Eu vou lá com você.

— De jeito nenhum. Se for para alguém ser mandado embora, que seja só eu.

— Então eu vou e fico no corredor. Se ele ameaçar pôr as mãos em você, você grita e eu entro, com alguma desculpa.

— Não sei, não. Você vai acabar se prejudicando nessa história. E você não tem nada com isso.

— Claro que tenho. Eu tenho tudo a ver com isso.

35 *Um grito e você leva bala*

Quando voltaram ao supermercado, faltavam quinze para a uma e havia um ar de sonolência em tudo. Poucos fregueses e poucos funcionários, depois de uma manhã muito movimentada, com as ofertas da seção de frutas, legumes e verduras.

Deise estranhou:

— Ué, já de volta? Tudo isso é vontade de trabalhar?

— Não, eu vim mais cedo para falar com o chefão.

Claudete entrou no corredor que levava à gerência, com Douglas alguns passos atrás. A porta da sala de Vanderlei estava entreaberta. Claudete fez um sinal para que Douglas se mantivesse distante, deu uma batidinha e entrou. Imediatamente sentiu que alguém a agarrava por trás e lhe tapava a boca com uma das mãos, mandando que ficasse em silêncio. De olhos esbugalhados, ela viu um mascarado segurando Vanderlei, enquanto outro o derrubava com uma coronhada na cabeça. Ao cair, o gerente levou um chute nas costas, do outro mascarado. Ficou estendido, de boca aberta.

O bandido que estava com o revólver pegou uma sacola grande em cima da mesa e ordenou ao outro:

— Vamos embora. Já está tudo aqui.

— E ela? — perguntou o terceiro homem, que segurava Claudete.

O bandido com o revólver, que parecia ser o chefe, vacilou um pouco. Nesse momento, uma sirene soou perto. Assustado, ele disse aos dois outros:

Imediatamente sentiu que alguém a agarrava por trás e lhe tapava a boca com uma das mãos.

— Ih, sujou. Isso não estava no programa. Vamos levar a garota. Podemos precisar dela. A polícia parece que vem vindo. Vamos. Vamos. Droga!

Claudete, que tinha obedecido à ordem e ficado quieta, começou a espernear, tentando livrar-se dos braços que a prendiam. O mascarado com o revólver, ameaçando atirar, disse:

— Moça, isto aqui não é uma brincadeira. Ou você fica boazinha, ou leva bala. Um grito ou um gesto e você morre. Entendeu?

Claudete concordou com a cabeça e saiu da sala na frente do homem que a havia imobilizado. Os outros dois mascarados vinham atrás dele. Ela viu Douglas se aproximar espantado e, no instante seguinte, ficar estendido no corredor. Um dos homens devia ter dado um soco nele, porque tiro ela não havia ouvido. Mesmo assim ela se desesperou e tentou escapar. Uma pancada na cabeça a fez mergulhar numa treva espessa.

Quando os três homens entraram no saguão do supermercado, arrastando Claudete, desmaiada, quatro ou cinco fregueses que estavam na fila para pagar as compras gritaram. Só um dos seguranças que costumavam ficar no setor estava por ali, mas no outro lado. Quando ele tentou se aproximar, um tiro o acertou na perna e o fez recuar.

Com o estrondo do tiro, houve pânico. Fora do supermercado, as pessoas se entreolhavam, procurando uma explicação.

— Acho que foi o pneu daquele caminhão.

— Pareceu explosão de gás.

— Para mim, foi tiro. E acho que veio lá do Mil Ofertas.

Assim que os três mascarados, levando Claudete,

entraram num carro que estava com o motor ligado, o motorista arrancou. Passou o farol fechado, por um triz não bateu num ônibus, dobrou uma esquina e sumiu.

Dali a um minuto, o bairro todo sabia o que tinha acontecido.

— Assaltaram o Mil Ofertas.

— Parece que mataram o gerente.

— E a mocinha que saiu arrastada?

— Dizem que ela trabalha no supermercado.

— Ela foi como refém.

— Deu para anotar a placa do carro?

— Não.

— Bom, também não ia adiantar muito. Deve ser roubado também.

Uma senhora, de uns setenta anos, fez o sinal da cruz e, numa frase, definiu o pensamento geral:

— Não dá mais para viver nesta cidade.

A notícia do assalto ao Mil Ofertas espalhou-se rapidamente. Uma aglomeração começou a se formar na frente do supermercado assim que o carro dos bandidos passou o farol fechado e sumiu de vista. A polícia chegou alguns minutos depois, em quatro viaturas, e a agitação tornou-se ainda maior.

Enquanto dois policiais interrogavam os fregueses, os funcionários e o gerente, que ainda estava tonto com a pancada, três outras viaturas saíam na perseguição aos bandidos, seguindo informações de testemunhas que tinham visto o rumo tomado pelo carro.

36 *Vida de bandido*

Quando o carro, desviando, cortando, brecando a centímetros dos obstáculos e reacelerando vertiginosamente, chegou afinal a uma sequência de ruas quase sem trânsito, o bandido que parecia ser o chefe berrou para o motorista:

— Dá uma maneirada agora! Tira o pé, imbecil! Quem corre assim num fim de mundo como este só pode estar fugindo. Deste jeito nós vamos chamar a atenção do mundo inteiro! Queria que o chefe visse o que nós estamos passando. Ele disse que ia ser a maior moleza, que era só pegar o dinheiro e se mandar...

— Vamos mudar de carro, para despistar?

— Com a polícia na nossa cola, você quer parar para arranjar outro carro? Qual é a sua? Você não quer roubar uma radiopatrulha, seu panaca? Ia ser uma boa, hem? Toca para o depósito.

— E a garota? Acho que a pancada que você deu nela foi muito forte. Será que ela não...?

— Ela está bem. Vai dormir algumas horas. Só isso.

— Não é melhor a gente se livrar dela?

— Ah, que grande ideia! Você é um gênio. A gente para aí na esquina, joga a garota na calçada e, dali a um minuto, dez caras vão estar telefonando para a polícia e dedando: eles passaram agorinha mesmo pela rua tal, número tal.

— E o que nós vamos fazer, então?

— Eu já falei. Toca para o depósito. A menina vai junto. Se a polícia descobrir a gente, ela é que vai abrir caminho para nós. Azar dela. Não fui eu que pedi para ela entrar na sala na hora errada.

— E aquele cara que apareceu depois, no corredor?

— Aquele também levou o que merecia. Viram só como ele caiu duro? Paft. Se eu ganhasse por coronhada, já estava rico. Só hoje foram três. Quá, quá, quá. E aquele idiota daquele segurança? Se meteu a balão e levou chumbo.

— Será que a gente escapa desta?

— Cale a boca, animal. Você quer secar, é? Claro que a gente escapa. O plano foi perfeito. Quer dizer, quase. A garota e aquele cara não estavam no programa. Mas o resto foi mais ou menos como o chefe disse. Todo mundo almoçando e a gente metendo a mão na grana. Não foi tão fácil assim, mas se roubar fosse fácil todo mundo estava roubando!

— O chato foi ter de acertar aquele segurança. Se ele morreu, a polícia vai vir com mais sede atrás de nós.

— Quem mandou ele querer bancar o macho?

— Ninguém viu o seu rosto quando você estava esperando a gente no carro?

— Ninguém. Tenho certeza. Eu fiquei todo o tempo com o jornal enfiado na cara.

— Vamos dar um tempo lá no depósito, até a coisa esfriar. Depois a gente põe fogo no carro e nas máscaras, joga a garota em algum canto, faz um contato com o chefe, divide a grana e descansa um pouco.

— Tem muita grana aí?

— O que você acha? Só com o dinheiro de ontem, que eles não depositaram, dá para a gente passar umas férias no México.

— Uh, imaginou? A gente de papo para o ar, tomando tequila e paquerando as *muchachas*...

— Não dá para chapelar o chefão e meter a mão na parte dele?

— Hoje é mesmo o dia das ideias brilhantes. Você pirou? Ele sabe o nome de todos nós. Se a gente não entregar a parte dele, o homem dá um telefonema anônimo para a polícia e, em vez de México, nós vamos é descansar na cadeia.

— Mas aí ia ser bobeira dele. Quando a polícia botasse a mão na gente, a gente dava o serviço e ele ia também em cana. Para que ele ia fazer isso?

— Você não sabe do que é capaz um homem com raiva. Ele se ferra para ferrar os outros. Espere. O que é isso? Uma sirene?

— Eu não ouvi. E vocês?

Os outros dois também não tinham ouvido. Mas a conversa parou. Estavam de novo nervosos. Só se acalmaram um pouco quando entraram numa ruazinha sem saída, ocupada em toda a sua extensão por um galpão cujos vidros, quase todos quebrados, indicavam que ele estava abandonado fazia muito tempo. No muro era possível ler ainda a palavra *indústria*. O resto da inscrição estava apagado.

Um dos homens do bando desceu e deu um tranco no portão enferrujado, que se abriu sem resistência e se fechou com um gemido, depois que o carro entrou.

Os dois homens que estavam no banco de trás com Claudete a levaram para dentro do galpão. Orientados pelo chefe, que carregava a sacola de dinheiro, eles amarraram seus pulsos fortemente e a colocaram num compartimento comprido e estreito que tinha servido como banheiro alguns anos atrás e ainda conservava duas pias desmanteladas e um mau cheiro que resistia à passagem do tempo. Empurraram duas mesas velhas e desconjuntadas contra a porta, para evitar que Claudete a abrisse.

O chefe pediu aos dois que ficassem atentos. Se ouvissem algum ruído vindo lá de dentro, deviam avisá-lo.

— Se ela acordar, eu ponho de novo a máscara e dou outra coronhada nela.

— E se ela gritar?

— Aqui ela pode gritar à vontade, que ninguém vai ouvir. Eu vou lá fora.

Ele saiu e disse ao motorista:

— Não dá para enfiar esse carro mais para dentro? Se a polícia estiver usando helicóptero, vai ser uma festa. É bater o olho e correr para o abraço.

O motorista obedeceu.

— Agora vamos entrar e dar um tempo.

Dentro do galpão, os quatro pegaram uns caixotes velhos e os improvisaram como cadeiras. Ratos desalojados correram para todos os cantos.

— Este lugar está cheio de ratos e pulgas.

— Está mesmo. Desde que nós entramos, eu não parei de me coçar.

— Eu também.

— E o que vocês queriam? Um hotel de luxo com acomodações para quatro pilantras e uma refém?

Os três riram da piada do chefe.

— Até que horas a gente vai ficar aqui?

— Até a noite.

— Até a noite? Essa não. Meu estômago já está roncando, de tanta fome.

— O meu também.

— E o meu, então?

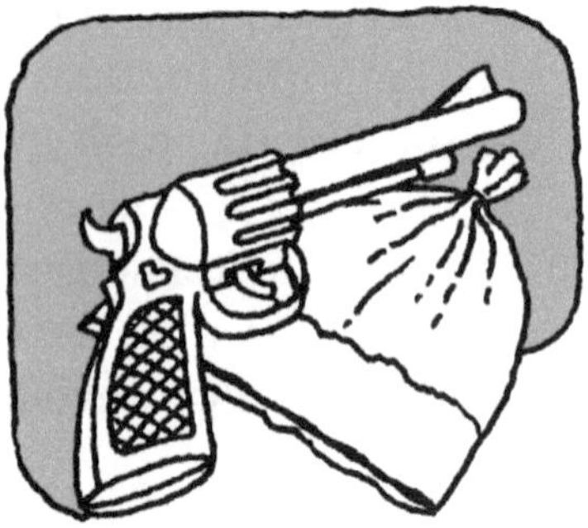

— Não adianta fazer pressão. Vocês pensam que eu também não ia gostar de estar num restaurante, comendo um bifão com fritas e tomando uma cervejinha?

— É, vida de bandido não é mole, não.

37 *Mãos para o alto!*

Claudete acordou atordoada e com uma insuportável dor de cabeça. Primeiro, pensou que estava dentro de um pesadelo. Depois, lembrou-se com terror da cena na sala de Vanderlei e de Douglas sendo derrubado no corredor.

Ouvindo a conversa dos bandidos, concluiu que era refém deles. Tentar sair pela porta seria inútil. Eles a pegariam de novo.

Olhou então para cima e viu um vitrô meio aberto, mas muito alto. Mesmo que subisse numa das pias, não conseguiria alcançá-lo.

O desespero fez rolar algumas lágrimas pelo seu rosto. E Douglas, o que teria acontecido com ele?

Andou cautelosamente e encostou o ouvido na porta, para tentar descobrir alguma coisa.

— Ei, que barulho é esse? — perguntou um dos bandidos, assustado.

— Eu acho que... — começou a dizer outro.

Nesse momento, Claudete ouviu um ruído forte e, em seguida, vozes enérgicas berrando:

— Mãos para o alto! Já! De costas! De costas!

A polícia invadiu o depósito, e os quatro bandidos, apanhados de surpresa, não reagiram.

Em poucos instantes, estavam algemados e de cara encostada na parede. Não entendiam como aquilo tinha acontecido. Como a polícia havia conseguido chegar e entrar ali sem que eles percebessem? Será que estavam sendo seguidos o tempo inteiro?

— Onde está a garota? — quis saber um dos policiais.

— Aí no banheiro — respondeu o chefe, depois de levar um safanão de um dos policiais.

— Se a garota não estiver bem, vocês...

— Ela está bem. Só desmaiou.

Assim que a porta foi aberta, Claudete perguntou:

— Como está o Douglas?

— O rapaz do supermercado? Muito bem. E você?

— Estou um pouco atordoada... Mas ele está bem mesmo? É verdade?

— Você mesma pode ver. Venha.

— Ele está aqui?

O policial a pegou pela mão.

— Vamos sair daqui. Este cheiro está de matar.

Claudete viu os bandidos sendo levados para fora. Dois foram empurrados para dentro de uma viatura e os outros dois jogados dentro de outra. Foi aí que ela viu Douglas. Correu para ele, com alguma dificuldade. Os dois perguntaram ao mesmo tempo, um para o outro:

— Você está bem?

Riram. Sem uma palavra, a resposta tinha sido dada. Estavam bem, juntos e salvos. Abraçaram-se.

O policial que tinha tirado Claudete do banheiro disse:

— Se não fosse ele, nós não íamos pegar esses bandidos nunca. Foi ele que trouxe a gente até aqui.

— Mas como ele...? — Claudete não entendia como Douglas podia ter conseguido aquilo.

— Foi a Doidinha. Ela está demais hoje. Não sei o que aconteceu. Ela parecia um foguete.

— É, moça. Ele seguiu os bandidos até aqui. Aí, telefonou para nós de um orelhão.

— Mas como, Douglas? Eu lembro que você estava estendido no chão, lá no Mil Ofertas!

— É, um daqueles sujeitos me deu uma coronhada, mas ela me acertou aqui no ombro e eu fingi que desmaiei. Assim que eles saíram, eu peguei a Doidinha. Umas pessoas me disseram qual era o carro dos caras e eu fui atrás. No começo, não foi fácil. Parecia que eles estavam numa corrida de Fórmula 1. Eu fui ficando bem para trás e já estava quase desistindo. Aí decidi jogar na sorte. Tentei adivinhar que rumo eles iam tomar e toquei a Doidinha por uns atalhos que eu conheço bem, umas ruazinhas estreitas. Graças a Deus, deu certo.

— Foram loucos momentos? — brincou Claudete.

— Pode acreditar — disse Douglas. — Loucos momentos mesmo.

O policial abriu a porta da terceira viatura, para que Claudete e Douglas entrassem. Douglas agradeceu:

— Eu estou com a moto.

— É verdade. Eu tinha esquecido.

Claudete pediu para ir com Douglas, mas o policial a fez desistir.

— Você não disse agora mesmo que ainda estava um pouco atordoada? É mais seguro você vir com a gente.

Na viatura, uma frase deixou Claudete arrepiada. Um dos policiais comentou com o outro:

— Agora nós precisamos ir ao supermercado para descobrir se os bandidos têm um cúmplice lá dentro.

38 *O chefe do bando é...*

Uma hora depois do assalto, o Mil Ofertas tinha sido invadido por repórteres de jornal, de rádio e por uma equipe de TV especializada em assuntos sensacionalistas. Dois policiais interrogavam os fregueses, os funcionários e o gerente, enquanto dois outros tentavam manter a ordem, mas o tumulto crescia a cada instante. Na ânsia de conseguir informações, os jornalistas entrevistavam até pessoas que não tinham visto nada.

— Qual é o seu nome?

— Jarbas dos Santos.

— Você é freguês do supermercado?

— Sou. Eu venho aqui todos os dias para comprar leite. É mais barato aqui. Às vezes eu levo também pão, quando está fresquinho. Eu gosto de...

— Seu Geraldo, o senhor...

— Jarbas.

— Seu Jarbas, o senhor estava fazendo o quê, na hora do assalto?

— Eu estava falando com o meu primo, lá no barzinho do outro lado. Aí eu ouvi o tiro e...

— O senhor não estava aqui, quando os bandidos...?

— ... e falei para o meu primo que...

— Vocês acabaram de ouvir o depoimento de Geraldo dos Santos, testemunha ocular do assalto ao Supermercado Mil Ofertas.

Quando, alguns minutos depois, os policiais acabaram de ouvir o gerente, os repórteres caíram em cima dele como um enxame de abelhas enlouquecidas.

— Senhor gerente, eu sou do jornal *Atualidades* e...

— Senhor Vanderlei, algumas palavrinhas para o jornal *Agora*, por favor.

— Gerente, gerente! Meu nome é Sérgio Cruz e eu sou do...

Acossado pela imprensa, Vanderlei não sabia para que lado olhar. Finalmente, chegou-se a um acordo. A TV teria prioridade, por estar transmitindo ao vivo. Levado para a frente do Mil Ofertas, ele foi focalizado pela câmera. A repórter contou até três e entrou no ar:

— Boa tarde! Aqui Rosemary Toledo, para o programa *O Crime na Cidade*. Estou falando do Supermercado Mil Ofertas, alvo, há uma hora, de um violento assalto. Uma quadrilha fugiu com grande quantia de dinheiro, depois de ameaçar o gerente e desferir-lhe uma pancada na cabeça, balear um segurança e levar uma funcionária como refém. Vou agora entrevistar o gerente, senhor Vanderlei da Silva, que nos contará exatamente o que aconteceu.

— Bem, já faz algum tempo que vínhamos sofrendo roubos de mercadorias. Realizei algumas investigações sigilosas e descobri quem era o ladrão. Ontem chamei dois detetives e passei as informações que tinha. Eles examinaram tudo e ontem mesmo, à noite, me comunicaram que tinham chegado à mesma conclusão. Combinaram comigo que viriam hoje à tarde para tomar providências. Mas, antes de eles virem, ocorreu o assalto, exatamente como você descreveu para os telespectadores. Eu suspeito que o culpado seja o mesmo que vinha roubando as mercadorias.

— E quem é ele, senhor Vanderlei?

— É o meu subgerente...

Ouviu-se um *oh*, vindo da multidão que acompanhava a entrevista, e um grito. Era Claudete, que tinha chegado na viatura e ouvido a resposta de Vanderlei à pergunta da repórter.

— Não, meu Deus, meu pai não... — ainda disse ela aos dois policiais que a tinham trazido. Depois, desmaiou.

Poucas pessoas viram o desmaio e nem lhe deram atenção. Estavam todas interessadas na entrevista de Vanderlei.

— Seu subgerente, senhor Vanderlei?

— Sim.

— Qual é o nome dele?

— É Luís Antônio Dantas.

Nesse momento, os dois policiais que tinham interrogado Vanderlei apareceram, trazendo Luís Antônio.

A repórter pediu ao câmera que focalizasse os três.

— Bem, parece que acaba de ser efetuada a prisão do subgerente. Vamos falar com os policiais. Ele está preso?

— Sim. Ele confessou os roubos.

— O senhor confessou os roubos, senhor Luís Antônio?

— Confessei. Mas só os roubos. O assalto de hoje, não. Eu não tenho nada a ver com ele.

— O senhor cometeu os roubos sozinho?

— Não. Eu fui ajudado por um segurança do turno da noite.

— Ele está aqui agora?

— Não.

— E qual foi sua participação no assalto de hoje, senhor Luís Antônio?

— Nenhuma, eu já disse. Eu vinha roubando mercadorias para ver se levantava um dinheiro para não perder meu apartamento e meu carro, mas não sei nada sobre o assalto de hoje. Eu juro.

A multidão que seguia eletrizada os acontecimentos teve mais um instante de emoção. Duas viaturas da polícia chegaram e deram uma freada lancinante, que arrepiou a espinha de todos. De cada uma delas saltaram dois policiais que conduziam dois homens algemados. Eles abriram passagem e foram ao encontro de Vanderlei.

— Conhece estes quatro homens?

— Não. Nunca vi nenhum deles.

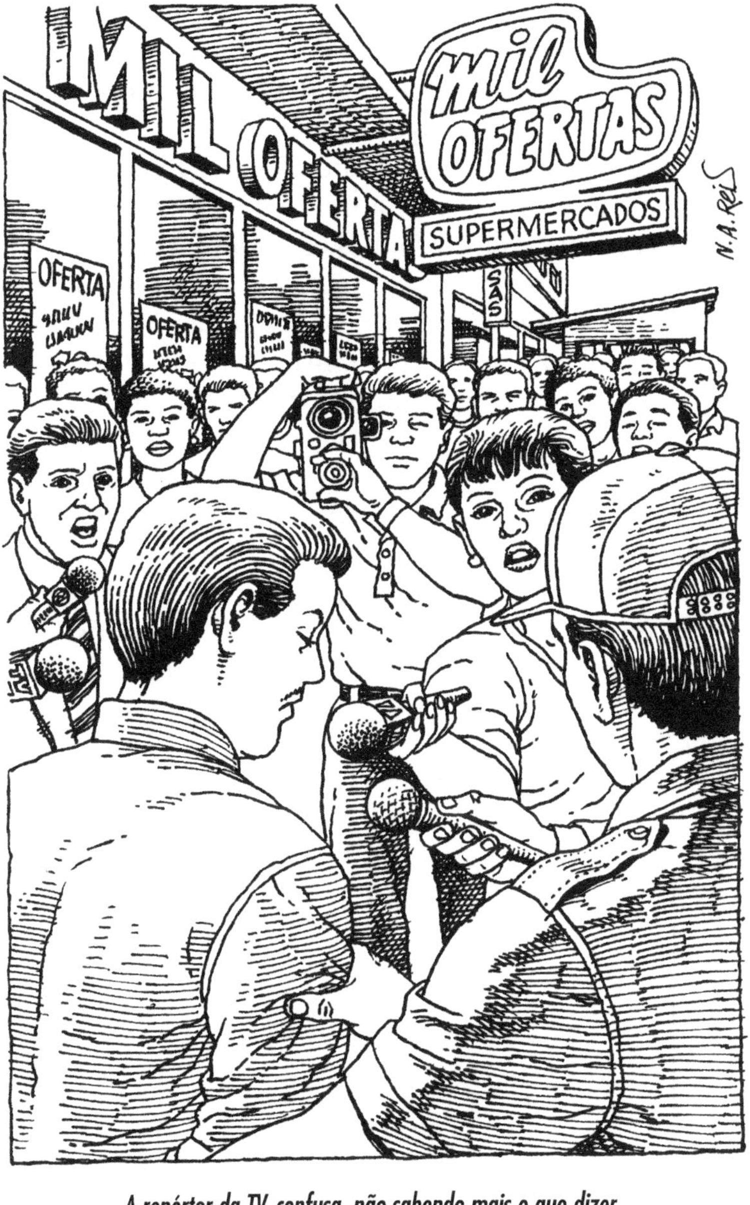

A repórter da TV, confusa, não sabendo mais o que dizer, deixou só as imagens no ar.

— Não foi o que eles disseram. É melhor não negar. Não vai adiantar nada. Eles já contaram tudo.

A repórter da TV, confusa, não sabendo mais o que dizer, deixou só as imagens no ar.

— É mentira — disse Vanderlei. — O Luís Antônio já confessou tudo aqui, na frente dos jornalistas.

— Eu confessei os roubos. O assalto, não.

— Eu também não tenho nada com isso — protestou Vanderlei, mas já sem convicção.

Os policiais aproximaram-se dele e o algemaram. Depois, ordenaram à multidão que se afastasse:

— Dispersando, pessoal, dispersando! Se não, vai todo mundo para a delegacia prestar depoimento.

Aos poucos, as pessoas foram saindo, decepcionadas. Tinham ficado ali tanto tempo e, no momento de maior impacto, eram obrigadas a ir embora. Alguém lembrou aos outros que a televisão estava transmitindo ao vivo e esse foi o sinal definitivo para a debandada. Todos queriam continuar acompanhando o caso pela TV mais próxima.

39 *Tudo vai ser diferente*

Algemado, Vanderlei não negava mais as acusações. Chorando, confessou à repórter da TV que era louco por mulheres e por jogo e que isso tinha sido sua ruína. Cheio de dívidas, tinha tentado uma cartada decisiva no pôquer, com a qual esperava se salvar. Ameaçado de morte se não pagasse o que devia, idealizou o assalto depois de descobrir que o autor dos seguidos roubos ao supermercado era Luís Antônio.

Expôs o plano a quatro amigos de infância que traficavam drogas e cometiam pequenos furtos e eles acharam a ideia genial. Iam finalmente se transformar em bandidos de verdade. Vanderlei chamou, então, dois investigadores de polícia para dizer que suspeitava do seu subgerente e lhes deu várias evidências do que afirmava. Quando eles prometeram voltar ao Mil Ofertas na tarde seguinte, ele resolveu acionar o esquema. O assalto precisava ser feito no dia seguinte, antes da chegada dos investigadores.

Indicou aos amigos qual seria a melhor hora e, levando a pancada na cabeça, combinada com eles, imaginou que ficaria fora de suspeita. Apesar do movimento tranquilo, sempre haveria alguém que veria os bandidos saindo com o dinheiro e a culpa recairia sobre Luís Antônio, por mais que ele negasse. Quem faz um cesto, faz um cento... Se Douglas não tivesse seguido o bando com a moto, tudo poderia dar certo.

Levado para a viatura, ele olhou para trás a tempo de

ver Claudete, que, acabando de acordar, perguntava a Douglas se a polícia tinha prendido o pai.

— Prender seu pai? Que é isso? Ele está aqui. Olhe bem para ele.

— Graças a Deus que você está bem, filha. Vou ligar para a sua mãe. Se ela ficou sabendo dessa confusão toda, deve estar preocupadíssima.

— Pai, me desculpe. Confesso que cheguei a pensar que você podia estar envolvido nessa história.

— A verdade, minha filha, agora eu sei, é que você não me conhece como devia me conhecer. A culpa é minha, que sempre conservei essa distância entre nós.

— Pai, eu acho que também tenho culpa.

— Não tem, não. Eu é que sempre recusei o diálogo com você. Acho que foi mais falta de jeito do que qualquer outra coisa. Talvez eu soubesse lidar melhor com um filho homem. Na minha família, diziam que quem devia cuidar das filhas era a mãe... Mas daqui para a frente eu vou tentar compreender melhor o que você sente, o que você quer. Só espero que você tenha paciência comigo.

Claudete comoveu-se ao ver que o pai estava quase chorando. Abraçou-o como nunca havia feito antes, certa de que começava ali uma nova fase na vida dos dois.

Prometendo voltar logo, seu Júlio pediu a Douglas:

— Tome conta dela, enquanto eu ligo para a minha mulher.

Douglas beijou Claudete. Depois do beijo, os dois, ainda não acostumados com a transformação de seu Júlio, olharam para ver se ele não estava por ali, pronto para despejar contra eles o seu famoso mau humor. Mas ele já tinha corrido para dentro do supermercado, para telefonar.

Foram interrompidos no segundo beijo por um braço engessado, que deu um cutucão em cada um deles. Douglas olhou espantado, sem entender nada, mas Claudete, louca de alegria, beijou o rosto do velhinho, que, com a mão não ferida, lhe oferecia uma flor.

— Como foi que o senhor se recuperou tão depressa? É um milagre!

— Milagre nada, minha filha. Eu prometi trazer uma rosa para você, não foi? Você acha que eu ia querer ser chamado de mentiroso por uma garota tão bonita?

Claudete beijou-o de novo. Só então o velhinho, notando um movimento maior do que o normal, perguntou:

— O que foi que aconteceu aqui?

Claudete e Douglas caíram na gargalhada.